Conosco bene questa città. Mi ci sta portando un tassista preso al volo all'uscita dell'aeroporto. Incautamente gli ho fatto fretta, lui mi rassicura in un italiano incerto che sa molto piú di Maghreb che di Padania: «Quindici minuti e ci siamo...» «Un po' poco», penso, ma sta già volando tra due file di Tir che occupano l'autostrada. Suona il clacson come se conducesse un'ambulanza o dovesse farsi largo in un mercato di Tangeri, abbaglia chiunque di fronte a noi tenti un sorpasso e la foschia, bruscamente illuminata, sembra infittirsi. Guida tranquillo: cespuglio di capelli neri raccolti in un codino, musica franco-araba: ne tamburella sul cruscotto il ritmo con le dita inanellate della destra, la sinistra impugna il volante ricoperto di plastica maculata.

Dal mio scomodo sedile posteriore ciò che vedo e odo appare incomparabile con i ricordi della mia adolescenza in questa terra di Nord-est allora lenta e dolce, ora scattante e scostante. Segnali di un'evoluzione straordinaria e inquietante: il traffico impazzito, la distesa di capannoni che ha sommerso i campi di erba spagna, il confronto ravvicinato con gente che un tempo s'incontrava solo viaggiando lontano, quindi con differenze, modi di fare, colori, musiche. Anche un taxi può contenere una metafora, quando i cambiamenti avvengono a ritmo cosí sincopato.

Finalmente, dopo neppure un quarto d'ora, la mia freccia nordafricana annuncia che siamo arrivati a destinazione. Lui ride e io non chiedo il resto.

Ogni volta che torno in un posto dove sono già stato per una conferenza mi assale una sensazione ambigua: da un lato la consapevolezza e la responsabilità di rappresentare per qualcuno un punto di riferimento non effimero, dunque una conferma anche per me; dall'altro la paura che le persone possano essersi in qualche modo assuefatte alle parole. M'intralcia il timore di ripetermi.

I lampioni al neon del piazzale della Fiera opacizzano una nebbiolina fastidiosa, raddensano un'idea familiare d'umidità pervadente, capace d'infilarsi sotto il cappotto, dentro le scarpe. Nonostante la concomitanza con l'ennesima partita internazionale di calcio, il parcheggio è pieno di macchine: quasi tutte di lusso, compresi i gipponi aggressivi con le gomme giganti e i paraurti lucenti dei telefilm americani.

Superate le grandi porte di vetro, nel salone d'accesso si allungano file di uomini e donne silenziosi, ordinati secondo l'iniziale del cognome.

Per raggiungere il palcoscenico, mi fanno salire da una scala laterale. Devono provare i microfoni, indicarmi la poltrona, discutere la scaletta della serata, i tempi degli interventi introduttivi: tutto procede con precisione, come la preparazione puntigliosa della prima di uno spettacolo. Si percepiscono entusiasmo, ansia, eccitazione. Dalla fenditura del sipario riesco a vedere quasi interamente la sala: sembra enorme, impossibile da riempire, eppure grado a grado il panno rosso delle poltrone scompare, coperto da sagome di persone di ogni età. Qualcuno potrebbe essere già nonno, altri sembrano giovani coppie fresche d'innamoramento, c'è perfino qualche gruppo di adolescenti: raro, in una manifestazione dedicata agli adulti.

Nelle due aree attrezzate per i bambini che avevo notato all'entrata, un gruppo di animatori dipinge assieme ai piccoli figli dei partecipanti grandi fogli stesi sul pavimento: un segno dell'intelligenza e sensibilità degli organizzatori. Chi ha lavorato per la riuscita della serata non è un'università o una parrocchia, nemmeno un'amministrazione comunale o un'associazione di genitori o una scuola, ma la Confederazione degli artigiani di Vicenza.

In questi luoghi generalmente si parla di lavoro, produzione, sindacato, tasse e sgravi fiscali, delocalizzazione, arrembaggio dei cinesi; invece questa volta si discute di famiglia, di figli, di educare. Anzi, si avverte la necessità di organizzare una «scuola per genitori» funzionante per un intero anno, che prevede conferenze, seminari, focus-group.

Nulla avviene per caso, diceva il maestro.

L'incontro si prolunga fino a tardi. Sembra che la gente non abbia fretta di tornare a casa, eppure domani si lavora. Forse sentono di aver ricucito, almeno per un attimo, il senso di una comunità: hanno trovato l'occasione per spegnere una volta tanto la televisione e uscire di casa, incontrarsi, confermarsi l'un l'altro d'esser fatti della stessa pasta. Assaporano il significato di parlare di sé con concittadini che sentivano alieni, ormai; e invece sono proprio gli stessi problemi quotidiani che questa volta non affrontano da soli, ma seduti vicini.

Sono arrivati sin qui a sentire di essere ancora vivi: arrabbiati o convinti, stanchi o indignati, dubbiosi o entusiasti, ma vivi. Vivi e preoccupati: di cosa, non è facile capire. Però a guardare quella folla, ad ascoltare le domande si percepisce il profondo, drammatico cambiamento di questi ultimi quarant'anni.

Non si tratta soltanto di una transizione economica, dell'essere passati, nel giro di qualche breve lustro, dalla polenta alla Bmw.

I processi produttivi – in qualche modo, per lo piú positivo – questa gente è stata capace di gestirli. Soltanto che ora ha capito che un simile sforzo, per quanto grande, non basta piú, si è resa conto che proprio questa straordinaria promozione sociale ha prodotto effetti collaterali impensabili soltanto qualche anno fa. Effetti che hanno avuto un bersaglio speciale, fondamenta dell'intera comunità: il rapporto tra le generazioni, ovvero come progettare un futuro possibile per tutti.

Terminata la conferenza, stemperato il dibattito, gli organizzatori m'accompagnano a bere un bicchiere di vino e a mangiare qualcosa. Un artigiano si siede a fianco a me, la voce di chi ha voglia di confessare un problema grave. «Ci ho messo quarant'anni di fatica e sudore per tirare su un capannone, adesso dirigo un'azienda che funziona, vendiamo bene i nostri prodotti in tutto il mondo anche se in giro c'è crisi. Ho un figlio di ventotto anni, mi piacerebbe lasciare ciò che ho costruito a lui, ma se lo faccio quel capannone tra sei mesi non c'è piú. E sa perché? Quel ragazzo non sa far niente, ha preso un diploma senza impegnarsi, è iscritto all'università e fa sí e no un paio d'esami all'anno, vive in casa con noi, ha una fidanzata che come lui pensa solo a divertirsi, non hanno nessuna intenzione di sposarsi figuriamoci di mettere su famiglia. Mia moglie è disperata come me ma lo difende sempre, lo chiama "poverino"... Cosa dovrei fare, prenderlo a calci o abbandonarlo alla sua vita insulsa?»

Un altro imprenditore ascolta con particolare interesse, si unisce al lamento: «Anch'io sono nella stessa situazione. Mio figlio sta per compiere trent'anni e non fa nulla nemmeno lui. Con mia moglie abbiamo deciso di costringerlo ad andare a vivere per conto suo, sperando che cosí cominci a capire cos'è la vita. Gli abbiamo comprato un appartamentino nel nostro stesso quartiere, lui c'è andato con la ragazza, l'hanno arredato... poi l'ha affittato a un amico ed è tornato a casa da noi. Mia moglie, tutto sommato, non è dispiaciuta. Cosa dovrebbe fare un padre, con un ragazzo cosí?»

Cerco di allargare la discussione agli altri commensali: risultano piú o meno tutti nelle stesse condizioni.

Le ragioni del declino sociale ed economico del Paese non sono dunque nascoste soltanto nella globalizzazione o nell'improbabile concorrenza di Paesi dell'estremo Oriente, una ragione profonda, quasi indicibile ha invece a che fare con ciò che abbiamo voluto e saputo trasformare e con ciò che abbiamo voluto mantenere. Una radice che s'insinua e ramifica fin dentro le nostre case, nei salotti, nelle camere dei nostri figli.

Cerco d'immedesimarmi nel dramma di quell'artigiano imprenditore: il capannone è stato capace di tirarlo su – con enorme fatica, ingegno e coraggio – e forse anche di ingrandirlo, ma ha fallito nella cosa piú difficile: l'educazione dei propri figli. Lo guardo, mi chiedo se quell'uomo rappresenti un'eccezione o una regola deviata di una comunità mal cresciuta.

Temo il peggio. Mi torna alla mente la lettera di una signora toscana alla rubrica che tengo da tempo in un settimanale di grande diffusione. Vado a rileggerla. Fa impressione: il contenuto è straordinariamente coerente con il racconto dell'imprenditore vicentino. Vite analoghe, stesse preoccupazioni, stessa fragilità. Ne trascrivo un brano:

«... mio figlio di ventitre anni ha smesso di frequentare l'università (ha dato sette esami) già alla fine dello scorso anno accademico. Da allora non si occupa piú di niente, e all'invito: "Cercati un lavoro" scappa via coprendosi le orecchie per non sentire; se insisto comincia a essere violento e diventa capace di rompere una porta a pugni. Non si vuole prendere la responsabilità di una persona adulta qual è... Io e mio marito abbiamo provato in tutti i modi a fargli capire che il lavoro è alla base del suo avvenire, ma lui sfugge o rinvia, e alla fine tutto rimane come prima: dorme fino a tardi, ascolta musica, fuma, vede tv e dvd. E basta. È cosí ormai da otto mesi e non vedo vie d'uscita. Mi dia un consiglio lei su come affrontare questa situazione e a chi eventualmente rivolgermi per essere aiutata...»

Di solito, quando ascolto un'argomentazione cosí largamente condivisa, cerco di vedere dove si nasconde l'eccezione che la conferma: è un piccolo trucco che funziona per capire meglio le cose. Propongo quindi a quel gruppo di imprenditori di pensare se tra i colleghi ve ne sia uno con una storia familiare diversa, opposta. Confabulano un poco, poi uno mi dice: «Sí, ha ragione lei, uno ce n'è...» E mi raccontano la storia di Nello.

Nello è un artigiano come loro e come loro ha creato un piccolo patrimonio dal nulla: un lavoro da bestia per quarant'anni, creatività, un briciolo d'astuzia. Risultato: dal niente, da un piatto di baccalà a una florida azienda di macchinari di precisione venduti soprattutto negli Usa.

Nel frattempo a casa la famiglia cresce apparentemente tranquilla: la moglie che appena può dà una mano a tenere i conti dell'azienda; una figlia che presto si sposa; un figlio, Bruno, simpatico e un po' indolente. Finito il liceo, quest'ultimo s'iscrive a Economia e commercio, ovviamente a pochi chilometri da casa. Eppure non frequenta, non dà esami, in casa non collabora: sopravvive senza gioie e senza lamenti. Finché il padre, dopo l'ennesima litigata, lo mette con le spalle al muro: «Ti devo dare due notizie», lo avverte risoluto, «una peggiore dell'altra: la prima è che domani mattina verrà il falegname a cambiare la serratura della porta di casa, né io né tua madre ti daremo una copia delle chiavi, quindi tu sarai fuori. La seconda è che se vuoi sono pronto a pagarti viaggio e iscrizione al master negli Stati Uniti di cui abbiamo tanto parlato e che tu non hai mai preso in considerazione. Prendere o lasciare. Hai tutta la notte per pensarci, domani mattina presto voglio una risposta».

L'indomani il ragazzo, molto a malincuore, comunica la decisione di partire per gli Usa. Tre anni piú tardi, Bruno è tornato in città e ha messo in piedi un'azienda che adesso funziona a gonfie vele. L'unico vero valore aggiunto di quella generazione.

Andare, o essere costretti a trasferirsi all'estero implica un'esperienza fondamentale che impone una maturazione impensabile tra le quattro mura domestiche, cullati e viziati da benessere e comodità. Significa essere costretti a confrontarsi con realtà culturalmente e socialmente diverse, ad acquisire un punto di vista meno provinciale, a imparare a fare conto sulle proprie forze e capacità. Durante questo percorso non può che crescere l'autostima e il senso dell'intraprendere a essa correlato. Ma se queste osservazioni rischiano di essere scontate tanto sono condivisibili, perché un genitore deve arrivare a minacciare di cambiare la serratura di casa per fare in modo che il figlio si possa salvare dalla mediocrità grigia del quotidiano imbottito di privilegi in cui si lascia vivere?

Naturalmente le responsabilità non vanno cercate solo nella generazione dei genitori: un fenomeno cosí articolato rimanda a una rete che comprende le omissioni dei figli, la disfunzionalità della scuola, la miopia delle istituzioni che governano e amministrano la nostra comunità.

Il problema è che gli unici ad avere una qualche coscienza di ciò sembrano proprio i genitori: quegli uomini e quelle donne che nell'immensa sala della fiera di Vicenza ancora a mezzanotte continuavano a parlare, chiedersi, ascoltare, cercare e trovare le parole per mettere a fuoco, dire e stemperare dubbi, inquietudini.

Nessun cambiamento sociale, tanto meno quello complesso di cui stiamo parlando, può sperare di essere condotto verso una piena maturità senza che vi sia, al fondo, un processo che porta a una presa di coscienza. Questo normalmente chiedo a un paziente la prima volta che lo incontro: non m'interessa tanto sapere del suo attuale disagio e delle radici prossime e remote del suo star male, quanto piuttosto della disponibilità a cambiare, magari anche solo un capello, la sua esistenza, qualsiasi sia la stratificazione di dolore da cui emerge.

Ed è, lo dice l'esperienza, di gran lunga la cosa piú difficile da ottenere da un individuo.

La famiglia si è fatta fragile, esattamente come il mondo che la circonda. Ogni tanto la politica si cimenta a parlare di aiuti, ma l'unico che riesce a pensare e a dire è il piú banale e inutile: una beneficenza economica direttamente proporzionale al numero di figli o al reddito.

Da decenni la politica non è riuscita a partorire nulla di diverso e meno umiliante della «cottimizzazione» della prole (di per sé agghiacciante).

Un pensiero progettuale dunque è necessario, ma prima di esprimere qualche idea a riguardo vorrei, senza ripetere ciò che autorevoli sociologi hanno descritto in questi ultimi quarant'anni, proporre qualche considerazione introduttiva.

Fino a che la famiglia ha dovuto funzionare come una agenzia che assicurava la sopravvivenza economica delle generazioni a venire, ha correttamente svolto il suo compito: era nella sua cultura, inscritto nel suo Dna. D'altra parte, l'idea di comunità è acquisizione recente, fino a pochi decenni fa era la rete familiare a surrogare ciò che la collettività sociale non era in grado di fornire.

La fragilità è emersa quando alla famiglia si è richiesto non piú soltanto di provvedere alla sopravvivenza dei figli, ma di educarli: non potevano piú bastare i soldi, la salute, gli studi, ma diventava fondamentale la costruzione delle fondamenta della comunicazione emotiva e dei legami affettivi. Esattamente ciò che per secoli era apparso del tutto opzionale.

Questa diversa e piú complessa aspettativa è maturata proprio quando la struttura organizzativa della famiglia è mutata: da una logica gerarchica (una piramide con al vertice il maschio anziano e alla base i bambini), a una orizzontale (con un potere comparabile di tutti i membri).

In questa complessa trasformazione, il benessere economico e la declinazione dei diritti individuali hanno indotto, piú di molti altri fattori, un'ancor piú profonda mutazione della struttura familiare. Non parlo di transizione in termini meramente organizzativi, ma soprattutto di alcune ricadute di quel soqquadro sul mondo relazionale.

Dibattito in Val d'Ossola, provincia con il piú alto numero di separazioni d'Italia. Fa freddo e piove da tre giorni. Da queste parti si lavora come due secoli fa, oggi però si fanno soldi, si costruiscono villette con tutti i comfort, e poi si fa molto presto a odiare la persona che condivide quella cattività dorata.

Alle persone convenute nella bella sala del teatro multifunzionale ricavato da un'ex filanda chiedo: «Se fossi un mago e potessi triplicare d'incanto le vostre individuali, e già notevoli, risorse... se ogni uomo e ogni donna di questa comunità potesse godere da domani mattina di un ulteriore privilegio economico, il numero di divorzi crescerebbe ulteriormente o calerebbe?»

La risposta, a larga maggioranza, è la prima.

Basterebbe guardare quanto accade nei Paesi in cui i due sessi hanno uguali opportunità di formazione e d'ingresso nel mondo del lavoro, dove ci si sceglie soprattutto per amore: non dipendendo piú l'uno dall'altra, se non per affetto, si viene a scoprire che il legame familiare coniugato all'autonomia regge molto meno di quello storicamente combinato all'interesse economico e sociale.

In passato ho spesso sentito ripetere una frase un po' ipocrita: «Non mi sono separato/a per tutelare i miei figli...»; nella mia professione mi son dovuto confrontare con ragioni piú prosaiche per non arrivare al divorzio: appartamenti, automobili, cameriere e baby-sitter, conti bancari, vacanze. Insomma, un certo benessere cui, comprensibilmente, nessuno dei coniugi è disposto a rinunciare.

Un doppio grimaldello si è dunque incuneato nella piú antica delle nostre radici: la diffusione del privilegio economico e dei diritti civili.

Il primo tende a portare all'autarchia, cioè alla possibilità reale di non dipendere necessariamente dal partner (e di non doverlo scegliere per le sue capacità economiche); il secondo al prender coscienza che non è scritto da nessuna parte che l'unione matrimoniale debba prevedere subalternità e obbligo di prolungare una relazione privata di senso affettivo ed emotivo.

Quando si parla di assottigliamento della struttura familiare, non si tiene abbastanza in considerazione che essa è complessa (non solo funzionalmente, come abbiamo visto, ma anche e soprattutto relazionalmente).

Per chiarirmi meglio vorrei citare, a questo riguardo, il ruolo della terza generazione (i nonni) in rapporto alla modificazione descritta.

Il maggior potere d'acquisto ha diffuso benessere in tutte le generazioni, nonni compresi. Non a caso il maggior tasso di separazioni e divorzi si registra, da qualche anno, proprio nella sottopopolazione rappresentata dalle persone anziane: segno evidente che, se si possiedono mezzi economici sufficienti, non si è disposti a sopportare malversazioni né a rinunciare alla libertà nemmeno a settant'anni (credo però che anche certa chimica «miracolosa» sul piano sessuale giochi un ruolo non sempre secondario nell'accelerazione e diffusione del fenomeno).

D'altro lato, una pensione piú generosa e qualche gruzzolo messo da parte permettono scelte di vita sostanzialmente diverse dal passato: ad esempio il poter scappare in qualche località di mare invece di passare interminabili inverni in una metropoli puzzolente.

Se il nonno e la nonna hanno deciso di non vivere piú assieme o si sono comprati una multiproprietà alle Canarie, il risultato dal punto di vista relazionale tra generazioni non cambia granché: non sono piú cosí vicini ai nipoti (neanche in senso fisico) o disponibili per loro, non cucineranno crostate per le loro feste, ma manderanno bellissime cartoline.

Per quanto possano essere importanti i cambiamenti avvenuti nelle zone «periferiche» della rete familiare, probabilmente però, il terremoto piú consistente si è verificato nella relazione tra genitori e figli.

Oggi in buona parte del Paese padre e madre lavorano entrambi, quindi le famiglie si sono assottigliate essendo venuto a mancare, come abbiamo appena visto, anche la rete di supporto dei nonni. Ciò ha comportato un aumento dei sensi di colpa in entrambi i coniugi. E i sensi di colpa – è facilmente intuibile – riducono la capacità di educare con autorevolezza. In questo modo si possono almeno in parte spiegare i comportamenti improntati a una inconsistenza altrimenti incomprensibile di molti genitori che sembrano costantemente sul punto di naufragare quando devono assumere decisioni o pronunciare semplicemente un «no».

Per non parlare poi delle famiglie fratturate o monogenitoriali o di quelle che si ricompongono (a volte con una fretta pari solo alla indisponibilità e incapacità degli adulti di passare un periodo di tempo da soli). Declinazioni ineccepibili dei nostri diritti e delle nostre libertà, ma anche esperienze nelle quali – là dove l'allontanamento non è gestito dalla coppia con maturità e consapevolezza – i figli possono accumulare sentimenti abbandonici che si riverseranno sulla loro formazione sentimentale (a volte accresciuti dall'insipienza di certi giudici dei tribunali dei minori e dalla ferocia di certi avvocati che trasformano i figli in pacchi postali o in materia di risarcimento).

La famiglia fragile, dunque, di tutto avrebbe bisogno fuorché di un aiuto economico o di uno sconto sul 740, anche perché il benessere materiale non risulta necessariamente un fattore protettivo ma, al contrario, come dimostrano gli esempi del Nord-est, una condizione di rischio ulteriore.

La famiglia fragile ha bisogno di un progetto laico (finora se n'è interessata quasi esclusivamente la cultura cattolica) che non tragga la propria ispirazione da moralismi e ipocrisie né tanto meno da malinconici auspici di ritorno a un passato che nessuno in buona fede può ricordare solo con gioia.

Le nuove organizzazioni familiari (penso anche, ad esempio, alle coppie di fatto) hanno bisogno di servizi (scuole migliori, trasporti piú efficienti, città funzionanti), non di denaro; di consigli e occasioni di confronto sui problemi reali, non di vincoli di legge.

Esperienze come la scuola per genitori di Vicenza (quasi ottocento presenze di media ogni mese) dimostrano che vi sono strade percorribili e organizzabili con un poco di buona volontà.

Una ragazza minorenne rimane incinta, l'ecografia scopre che il feto è molto sofferente.

Due possibilità di scelta, entrambe devastanti per qualsiasi donna, figuriamoci per una giovanissima: portare a termine la gravidanza e far nascere un figlio gravemente malato o interromperla assumendosi il peso di uno straziante e infinito senso di colpa? La madre della ragazza manifesta apertamente la sua contrarietà a quell'interruzione e intende esercitare la propria potestà.

La decisione che consente l'aborto viene però presa da un tribunale che tuttavia non potrà curare certo la ferita immensa che ha lacerato ancor piú il rapporto tra quella madre e quella figlia, né aiutare l'adolescente ad affrontare la vita meno sola.

Non si tratta solo dell'ennesimo caso di dolore privato profanato dalla cronaca, di un lembo di straordinaria intimità azzannato dalla morbosità pubblica: è anche un'occasione utile per capire la direzione del nostro cammino.

Al di là degli aspetti morali e giuridici, questa dolorosa vicenda ripropone infatti un tema ostinatamente rimosso: il senso di responsabilità dei giovani.

L'inizio della maggiore età al compimento del diciottesimo anno è una convenzione stipulata in tempi ormai lontani, incomparabili con la realtà che viviamo. I ragazzi di allora non godevano delle enormi libertà attuali: a quattordici o quindici anni spesso si ha il permesso di tornare all'alba dalla discoteca, di passare la notte a casa della ragazza (e viceversa), di andare in vacanza con gli amici. Quando quel legislatore scriveva, gli adolescenti non godevano ancora dell'infinita informazione consentita da internet, non potevano vedere certi film: oggi non possono solo comprare sigarette e bevande alcoliche, ma anche un volo *last minute* per andare ovunque con pochi soldi.

I pediatri affermano che oggi le mestruazioni compaiono in media molti mesi prima rispetto a quarant'anni fa: vuol dire che siamo di fronte a un'evoluzione che anticipa le tappe della crescita. Ma se gli adolescenti crescono cosí precoci, perché non metterli nella condizione di essere anche responsabili? Se pretendono e ottengono una grande libertà individuale, perché non spiegare loro che crescere significa anche acquisizione di maturità? Perché non indurli ad assumere i doveri connessi all'acquisizione graduale di un senso di una piena cittadinanza?

Quando una ragazza fa l'amore con il proprio ragazzo a sedici o diciassette anni, deve assumere le responsabilità che tale relazione inevitabilmente comporta: ridurre l'assunzione dei doveri connessi ai loro diritti significa non fidarsi di loro.

La contraddizione piú palese nell'idea odierna di educare risiede proprio nell'indurre una crescita – fisica e psicologica – non corrispondente alla maturazione, cioè al senso di responsabilità. Sarebbe come concedere ai quattordicenni di prendere il foglio rosa e poi proibirgli l'acquisto di un'automobile fino a trent'anni.

L'età evolutiva è infatti sempre piú caratterizzata da

un aumento di aspettative sociali. Una per tutte: mentre la riforma scolastica prevede che i preadolescenti scelgano il proprio futuro professionale, parallelamente decresce e si marginalizza il loro ruolo nella comunità a cominciare proprio dalle nuove regole che disciplinano il marcato del lavoro. Piú s'accresce il bisogno di formazione (anticipazione dell'età d'ingresso nella vita scolastica e allungamento della formazione universitaria attraverso la nascita di una pletora di master e dottorati), meno il mercato è disposto a riconoscere le giovani professionalità sia dal punto di vista normativo che salariale.

Stando cosí le cose, se è dunque urgente pensare a un reale inserimento dei giovani nella comunità, perché non prendere in considerazione un atto d'indubitabile e clamorosa dichiarazione d'impegno da parte degli adulti, una prova d'interesse reale al contributo dei ragazzi: perché non far votare i sedicenni?

Da un lato gli adulti sarebbero indotti a stemperare anticipatamente l'eccessiva tutela, dall'altro gli adolescenti comincerebbero a capire che non possono solo chiedere, ma devono anche offrire (finalmente si potrebbe avere una rappresentanza vera dei giovani, non quelle buffonate dei consigli comunali per adolescenti che suonano come un'insopportabile presa in giro). Un sindaco, un deputato sarebbero costretti a rivolgersi anche a loro per ottenere consenso, cosí ascolterebbero richieste altrimenti sconosciute, quanto meno in campagna elettorale. E la politica, finalmente, si svecchierebbe nelle persone e nelle idee.

La cronaca quotidiana, in particolare quella drammatica, contiene sempre aspetti metaforici: i limiti, le eccezioni servono a comprendere la norma, ovvero dicono di noi, di come siamo fatti. Aiutano a capirci.

In un piccolo borgo in provincia di Lecco, le luci delle telecamere si sono subito spente: rimane il ricordo di Mirko, un bambino che non giocherà mai, le foto di una giovanissima madre che ha buttato l'esistenza con un gesto sconsiderato. Quel dramma rischia di essere archiviato con l'aiuto di etichette zeppe di facili parole che segnalano la necessità di affrettare la rimozione: «raptus» e «depressione post-parto» sembrano chiavi psicologiche per spiegare, mentre sono solo strumenti per allontanare responsabilità individuali e collettive che invece non debbono, una volta ancora, essere schivate.

Qualche elemento di riflessione.

La solitudine tra e nei giovani. Non mi riferisco all'*essere* soli (oggi non lo è quasi nessuno), ma al *sentirsi* soli: il non poter dire di sé perché c'è fretta e comunque non si sarebbe capiti, solo giudicati. Penso alla specifica solitudine legata alle aspettative: magari quelle di una ragazza che, se fosse vissuta quarant'anni fa, avrebbe soltanto cercato di essere una brava madre, avrebbe saputo rinunciare a una gran parte della propria vita, quella costituita dalla libera scelta, dalle emozioni, dall'inseguire un sogno: il destino, per milioni di donne. Oggi non è piú cosí, per fortuna. Solo che le aspettative possono uccidere, proprio perché creano un'attesa sproporzionata a ciò che la quotidianità può offrire: tra quello che si vorrebbe vivere e quello che si teme di dover vivere si stabilisce un vuoto immenso, dove risuona un'infinita disperazione.

E il corpo diventa l'emblema, il simbolo di un'indicibile sconfitta. Quel corpo dapprima idolatrato, strumento per accedere al sogno, alla vita luccicante dove non si è piú una qualunque ma parte di un luna-park possibile; poi improvvisamente peso incongruo, bocciato, indistinguibile cornice dolente, piccolo essere in una massa costretta a rientrare nella quotidianità scandita da file al supermercato, da qualche sabato sera in pizzeria e da lunghe ore a guardare le altre – quelle che non si sa perché ce l'hanno fatta – che sgambettano in una trasmissione televisiva.

Il corpo gonfiato da una gravidanza che sancisce la fine dell'illusione, che partorisce l'icona dell'impossibile, rabbia altrimenti inesprimibile, oggetto di un odio inconfessabile.

E di tutto ciò non poter parlare. Tanto, chi capirebbe? E poi, cosa cambierebbero il parlare, l'essere ascoltati?

L'incomunicabilità. «Era una ragazza solare, serena, non può essere stata lei...» ripeteva davanti alle telecamere una vicina. Ovvero le nostre relazioni superficiali, dove conta soltanto il sorriso incrociato dal panettiere, il vestito appena comprato, l'automobile lavata per il weekend. Una comunicazione basata su una consolazione pallida, sulla condivisione di una resa senza ribellione, sull'abbandono di ogni ambizione.

«Ciao come va? Tutto ok?» «Ok». Fine, ognuno a casa propria, lontani, alieni. È il linguaggio trito di molti giovani e non solo. Se uno volesse rispondere: «No, non va bene per niente!», manderebbe nel panico l'altro, perché quella risposta non è prevista dal loro e dal nostro laconico vocabolario. Quel grido di dolore richiede tempo, ascolto: perle rare nella comunità dei privilegiati.

Fino a qualche decennio fa si poteva dare la colpa all'ignoranza e alla miseria, ma oggi come si fa ad affermare che siamo ancora cosí incapaci di conoscere l'altro nonostante la modernità sbandierata, i diritti conquistati, la vita allungata?

A cosa servono gli strumenti di comunicazione di cui ognuno è dotato? A cosa, se nessuno può nemmeno urlare «Sto male!», se milioni di persone si sfiorano senza guardare l'altro per paura che il suo dolore rispecchi il proprio?

Temo che la morte del piccolo Mirko sia stata inutile: quando i giudici accrediteranno alla madre le attenuanti del caso, i preti avranno già chiesto pietà e perdono, i giornali scordato, gli psichiatri ancora una volta racchiuso quell'immenso dramma in un piccolo, facile passe-partout: depressione.

Molti si saranno convinti di aver detto ciò che c'era da dire, tutti saranno tornati a dormire irresponsabili.

Di quella metafora non si è voluto capire, è rimasta come un mazzo di fiori davanti alla tomba con due date troppo vicine tra loro.

Metafora incompresa, afona, fastidiosa.

Quando la cronaca riporta vicende di madri che uccidono i propri figli, pensiamo subito alla donna assassina o tutt'al piú al marito e alla famiglia: quasi mai al bambino, la vittima. Come se quell'infante non esistesse piú oltre a quel massacro, come se chi non aveva diritti prima, ne avesse ancor meno dopo.

Quando le brutte vicende di tutti i giorni ci parlano di un bambino straziato da un adulto pensiamo che quello sia il delitto dei delitti, dunque un'anomalia: e ciò ci solleva. Quell'orrore serve per non pensare ad altri orrori non meno indicibili, anzi a scagionare le coscienze: per una madre che uccide il proprio figlio, ve ne sono milioni che li amano e li rispettano, dicono i benpensanti.

Come se soltanto la morte potesse calpestare il diritto di un bambino a vivere. Non è cosí, secoli di storia della famiglia hanno insegnato che un genitore può percorrere molte altre strade per dimostrare il proprio odio nei confronti di chi ha messo al mondo. L'indifferenza, la lontananza affettiva, il «non vedere» chi dovrebbe ricevere il bene e lo aspetta, possono infliggere un male enorme, farlo durare per anni.

Come dev'essere difficile guardare alla vita con gli occhi di un bambino che si accorge di non essere voluto, come dev'essere difficile non aver paura di un mondo popolato da adulti cosí egoisti e lontani.

Come dev'essere terribile sentire di essere venuti al mondo come un peso, un insopportabile ingombro, un ostacolo alle ambizioni di realizzazione sociale e professionale di una madre o di un padre. Nascere in un mondo cosí emotivamente ristretto insegna a vivere morendo di paura, restringe il punto di vista sulle cose, crea e costruisce apprensione.

Un giovane prete di Milano mi sta accompagnando all'aeroporto. È un ragazzo entusiasta, pieno di vita, lontano anni luce dalla noia stampata sulle facce di tanti suoi coetanei. Mi parla della propria esperienza di maestro di scuola dell'infanzia in una realtà difficile come il centro di una grande città. Non sembra neppure troppo scandalizzato nel raccontarmi che nel suo asilo, per tre bambini su dieci, sono le baby-sitter che vanno a parlare con le maestre. D'altra parte, è logico che si presenti chi conosce meglio il bambino, mi spiega.

La psicologia dell'età evolutiva prevede due fasi fondamentali in successione: l'attaccamento e il distacco (cosí funziona, del resto, per tutti i cuccioli di mammiferi).

La prima riguarda la relazione madre-figlio (ma in teoria potrebbe essere riferita anche al padre o comunque a chi accudisce direttamente il neonato), ovvero la rete di scambio di affetto e emozioni tra il feto prima (inizia infatti già durante la gravidanza) e il neonato poi. Si tratta di un ricamo infinitamente ricco attraverso il quale si stabiliscono comunicazioni verbali e non, ricatti, rinforzi emotivi, frustrazioni. Naturalmente questa fase svolge la funzione di rassicurare sia la madre che il bambino, riaffermando la presenza e la dipendenza reciproca.

La seconda fase, che anch'essa si svolge in modo graduale, dovrebbe portare allo svincolo, ovvero alla completa autonomia e indipendenza reciproca sia dell'adulto che del bambino, un po' come accade alla mamma papera che scivola sull'acqua dello stagno seguita dai suoi paperotti: non esiste in natura il contrario, ovvero che i piccoli pennuti precedano la madre sguazzando. Il che vuol dire che la fase di sgancio passa attraverso l'apprendistato all'autonomia, non certo alla dipendenza.

Eppure, per quanto possano sembrare scontate queste semplici osservazioni, nella nostra cultura tendiamo sempre piú a fare il contrario di quanto la natura suggerisce: ovvero rendiamo piú fragile il periodo di attaccamento e poi, forse perché gravati dai sensi di colpa, piú difficile e problematica la fase di distacco.

L'attaccamento è oggi frammentato attraverso la presenza di figure diverse da quelle genitoriali (baby-sitter, tutori, maestre d'asilo che compaiono sempre piú precocemente nella vita del bambino); ciò crea le basi nei padri e nelle madri per una subdola insicurezza che tende a rafforzarsi e ad alimentarsi con il posporsi dell'età in cui lo sgancio si realizza.

Il mettere in atto – a volte inconsciamente – legami e relazioni che portano a irrobustire la dipendenza dei figli dai genitori e viceversa, non può infatti che comportare un indebolimento dell'autostima del bambino e una crescita dei livelli di ansia genitoriali.

La dipendenza indotta da un genitore – e replicata specularmente dal figlio – tende a funzionare come un vero e proprio cortocircuito: l'inevitabile privazione di libertà che comporta viene infatti compensata – inconsapevolmente – dall'elargire smisurate facilitazioni esistenziali. Si tende cosí a stabilire un patto diabolico: i figli potranno crescere viziati, accontentati in tutte le loro richieste a patto però che non pretendano autonomia. L'anelito di libertà è barattato con una buona paghetta, un motorino, una vacanza a Formentera con gli amici.

Il centro strategico del discorso mi appare dunque sempre di piú la capacità/incapacità di comunicare emotivamente tra generazioni.

Danilo Dolci magnificamente riassumeva il concetto: «Quando il bambino nasce, in un certo senso avviene un'interruzione della comunicazione. Mentre il respiro, il battito del cuore sono programmati geneticamente dal cervello, e avvengono indipendentemente dalla nostra volontà, la capacità di comunicare con gli altri è una necessità, ma non è innata e deve dunque essere appresa. Dopo la nascita c'è un periodo molto delicato, che può essere anche traumatico, nel quale il padre e la madre devono diventare educatori, in modo tale che il bambino impari a comunicare con le creature. Se manca questo, il bambino cresce di statura ma si «nanizza» culturalmente e psichicamente. Invece, attraverso la comunicazione con le creature intorno ricomincerà la crescita integrale. Questo è molto importante dal punto di vista educativo, ma le scuole non lo sanno. Dopo lunghe verifiche adesso sono pienamente convinto che ognuno debba imparare a comunicare, altrimenti non ci potrà essere crescita complessa. Dapprima è un fatto sistematicamente genetico, ma poi è necessario un apprendimento e solo cosí riprende la crescita».

La riflessione sull'importanza della comunicazione emotiva assume una speciale rilevanza rispetto al concetto di sofferenza psicologica, soprattutto in età evolutiva.

Da tempo ho maturato una personale e semplice convinzione: nello strutturarsi e nel manifestarsi di un disturbo psicologico in un bambino o in un adolescente, nulla è riconducibile all'individuo, tutto alle nostre relazioni e al nostro modo di comunicarle. Spesso invece psicologia clinica e psichiatria hanno utilizzato il «riduzionismo sintomatologico», ovvero la ricerca del «capro espiatorio».

Tipico l'esempio dell'anoressia. Il rifiuto del cibo, la magrezza, l'astenia sono spesso stati interpretati come sintomi del disagio individuale di un adolescente, tant'è vero che i rimedi terapeutici (farmacologici o riabilitativi in termini cognitivo-comportamentali o dietetici) sono solitamente pensati e agiti per e su un individuo, come si trattasse di aggredire una sintomatologia organica.

Non sto qui accennando a una stucchevole polemica metodologica, ma a una realtà ben concreta e drammatica. In Italia si calcola che ogni anno siano costretti a usare antidepressivi ben trentamila tra bambini e adolescenti (oltre quelli che utilizzano ansiolitici, ipnotici e antipsicotici), con conseguenze sia sul piano strettamente cognitivo (alterazione dei livelli d'attenzione, dell'espressione creativa e della percezione corporea), sia sul livello della considerazione di sé (un uso precoce di psicofarmaci conduce a una vera e propria «carriera di malato» che porterà il soggetto ad autolimitare gli sforzi per apprendere, progettare e migliorare la propria vita).

Un giovane corpo visibilmente sofferente è una spia luminosa che si accende sulla plancia di comando di un intero ambito familiare o microsociale (ad esempio la scuola), il quale conosce e adotta ruoli, relazioni, gerarchie, regole ma soprattutto strategie di comunicazione precise. Il sintomo comportamentale – o la costellazione sintomatica – non indica dunque semplicemente un malfunzionamento individuale, ma l'incapacità di un contesto di comunicare emotivamente: anzi, quel contesto familiare e sociale dovrebbe vedere in quei sintomi l'occasione per valutare le proprie capacità e/o incapacità comunicative.

Naturalmente condurre una famiglia o una scuola a constatare la propria fragilità nella comunicazione emotiva è tutt'altro che facile e gli esiti sono, molto spesso, deludenti: quasi inevitabilmente ci si scontra con rifiuti, rimozioni, negazioni soprattutto da parte degli adulti. Infinitamente piú semplice addebitare responsabilità e compiti a un'unica persona, in apparenza la piú debole e indifesa. È molto piú facile applicare una fleboclisi al braccio di un'adolescente che capire come le responsabilità del fallimento comunicativo debbano essere distribuite tra tutti i membri di un contesto affettivo: «Il problema è lei, è lei – quella magra, quella che fa disperare, quella che non ti fa piú vivere – che deve accettare di farsi curare. Altrimenti ci farà ammalare tutti...» dicono spesso i familiari dell'anoressica.

Molti psichiatri e psicologi clinici dovrebbero, una volta per tutte, ammettere che il metodo dell'individuazione del capro espiatorio proprio non funziona: quel corpo martoriato, cosí incongruo rispetto ai canoni sempre piú stretti della nostra cultura strillati dai mezzi di comunicazione di massa, infatti non indica per nulla l'anello debole.

Al contrario di ciò che superficialmente si può ritenere, l'anoressica possiede una forza mentale straordinaria che le permette di esercitare un controllo ossessivo e assoluto – si potrebbe dire «pericolosamente» perfetto – sul proprio corpo, tanto da riuscire gradualmente ad annientarlo: dall'annullamento dell'apparato riproduttivo (metafora del «lutto», della perdita della relazione affettiva), a quello relazionale (cucirsi addosso la deformazione della propria immagine fisica per evitare ogni tentazione empatica e scartare con cura l'idea stessa del rapporto affettivo, come evidenzia l'annebbiamento delle pulsioni erotiche).

L'errore d'impostazione di una certa psichiatria e psicologia consiste dunque proprio nel considerare il corpo dell'anoressica come un sintomo di fragilità mentale, mentre altro non è che il segno di una forza residuale enormemente superiore a quella della coesione emotiva emergente dal contesto familiare e sociale in cui quell'adolescente è nata e cresciuta.

In ultima analisi, dunque, qualsiasi modello d'intervento sintomatico tende a «riabilitare» ciò che è già di per sé forte – ad esempio il corpo magro dell'anoressica – e a sottovalutare le fragilità – incongruenze, contraddizioni, carenze – comunicative e relazionali del contesto in cui l'evento sintomatico si manifesta.

Esistono amori che fanno morire, altri che fanno crescere. Sto parlando dell'amor filiale, naturalmente.

Perché dell'altro amore non saprei dire come e quando faccia male o bene: credo che, per definizione, includa il patimento, come spiega l'etimo della parola «passione», comune al dolore del sacrificio estremo (quello di Cristo, ad esempio) e alla sublime emozione provata nella piú bella notte della nostra vita.

È l'amore che agisce come una malattia, ma funziona al contrario: fa bene quando infetta, fa morire quando guarisce. Il virus di un amore cosí fa vivere un sentimento in modo tanto piú appassionante quanto piú è ammorbante, quanto piú la patologia si radica nell'innamorato, ammalandolo.

All'inverso, quando il virus si attenua e perde la sua forza devastante, l'amore si banalizza e sparisce. L'amante, finalmente guarito, in realtà non è piú amante, ma solo il ricordo di una passione conclusa, «purtroppo» sgravata dai sintomi.

Dunque vorrei tornare all'amor filiale, il quale conosce due estremi dannosi per la crescita, due modalità diffuse e accettate nella nostra cultura occidentale.

Definirei la prima «amor latino». Si tratta di un sentimento che si traduce in una relazione ordita da infiniti ricatti affettivi, in cui amare corrisponde a possedere (nella lingua spagnola il verbo amare si traduce con «*querer*», ovvero volere, aver bisogno, richiedere): madri e padri sentono di essere i padroni dei propri figli, controllandone non piú i comportamenti, come accadeva decenni fa, ma il loro mondo affettivo. Infatti oggi questo amore tende ad assumere il piú subdolo aspetto di rapporto amicale, dove l'idea di predominio si traveste con una forma di falsa complicità. Un cordone ombelicale infinito che porta a una doppia, reciproca dipendenza: dei figli nei confronti dei genitori e viceversa.

È una forma d'amore egoistico che non conosce rispetto dell'altro, quindi non riesce a vederlo crescere in quanto ciò implicherebbe allontanamento, dunque la propria morte. Rappresenta l'antitesi dell'educazione all'indipendenza e all'autostima, in quanto un legame di dipendenza cosí forte non può che ridurre l'identità del figlio a una sorta di «bonsai», portandolo alla totale incapacità di progettare e progettarsi.

Alcune forme di involuzione visibili nei giovani di oggi hanno, almeno in parte, origine da questa modalità malata d'amare, dove il ruolo paterno e materno tendono a essere epicentrici, mentre la crescita del figli come entità autonoma finisce con l'essere periferica e subalterna all'egoismo genitoriale.

Vi è però un'altra forma d'amor filiale che potrebbe sembrare opposta alla precedente, ma che in realtà è complementare.

La chiamerei «amor glaciale» ed è assai diffuso nella medio-alta borghesia (ma non solo). Nasce dall'esigenza dei genitori di essere precocemente autonomi dai figli, avvertiti spesso come intralcio alla propria personale affermazione sociale e professionale: in questi casi un figlio può comportare perfino una «ferita narcisistica» del genitore, in quanto tende ad accentrare su di sé ogni attenzione spingendo l'adulto nell'ombra.

La delega genitoriale avviene in modo molto precoce, attraverso un infinito turn-over di baby-sitter, tate, tutori. Dietro l'idea di precoce responsabilizzazione dei figli si nasconde il desiderio di anticiparne freneticamente la crescita. Il tutto abbinato a una carenza di comunicazione affettiva, che rasenta il senso di abbandono: si viene cosí a produrre un vuoto emotivo che il bambino tenderà a riempire nell'adolescenza e nella prima giovinezza con una ricerca spasmodica d'affetto, a volte quasi una bulimia emotiva (riscontrabile nei legami sia amorosi che amicali).

Né l'amor latino né l'amor glaciale portano a una crescita serena del senso di appartenenza emotiva.

Occorre pensare dunque a qualcosa che non costringa miserabilmente a scegliere se essere strangolati dal possesso genitoriale o sopravvivere nell'abbandono e nell'indifferenza.

Un'idea me l'ha suggerita un frate di Assisi. Mi parlava dell'insegnamento di Francesco a vivere la vita attraverso l'accompagnamento. «Accompagnare», mi diceva il giovane frate, «significa mangiar pane assieme e non c'è nulla di piú straordinario e rassicurante dell'idea di condividere del pane e una tavola per crescere, per progettare la vita».

Stupefacente metafora, questa di Francesco. L'idea di accompagnare un figlio non significa quindi mettersi al suo livello – far finta di esser amici – né scegliere tavole separate, asettiche e distinte, ma esserci l'uno per l'altro, con la complicità che viene dalla reciproca diversità, dall'esigenza di guardarsi dritto negli occhi senza temere.

«Mangiare pane assieme» significa narrare all'altro, raccontarsi, trovare la forza di costruire una casa comune nella differenza, un amore senza possesso, un'appartenenza senza dipendenza, un affetto senza fughe, senza vuoto, senza il cinico e narcisistico ricorso all'abbandono per dire a noi stessi che esistiamo.

L'insegnamento di Francesco dovrebbe essere ben compreso da chi, in questi tempi, vuole a tutti i costi correre, accelerare e insegnare ai propri figli a fare altrettanto.

Penso, ad esempio, alla riforma della scuola dell'infanzia che prevede un ingresso sempre piú precoce nelle elementari. Da piú parti si è voluto incolpare l'attuale ministro dell'istruzione di quest'illogica tendenza, senza riflettere su quanto essa fosse già largamente presente e diffusa nella nostra cultura.

Per anni ho ascoltato genitori che mi dicevano, quasi bisbigliando per non farsi sentire: «Sa... io e mio marito abbiamo deciso di iscrivere la nostra bambina alla «primina» dalle suorine, cosí poi le faremo fare l'esame di ammissione dalla seconda alla terza elementare... cosa ne pensa, abbiamo fatto bene?»

Scienza e civiltà hanno allungato la vita media a noi occidentali: per tendere tutta la lunghezza dell'elastico della nostra esistenza e non certo soltanto l'ultima parte, immagino. Ognuno spera che tutto quello sforzo non debba significare soltanto qualche mese in piú sopra un letto di un reparto geriatrico.

E allora che senso ha questa fretta? perché anticipare l'ingresso di un bimbo nel percorso scolastico? perché abbreviare, snaturandolo, il suo tempo di gioco e spensieratezza? c'è qualcuno che, in buona fede, può davvero affermare che questo anticipo potrà essere strategico nella sua vita adulta? quando capita d'incontrare una persona intelligente e brillante, la prima cosa che viene in mente è che abbia fatto la «primina» dalle suorine? perché non pensare allo sforzo che, invece, quel bambino dovrà fare per adeguarsi, per mimetizzarsi tra chi non è suo pari?

C'è poco da fare: non riusciamo mai a essere dalla parte dei bambini, preferiamo pensare di avere in casa una macchina di formula uno da esibire ai parenti e agli amici come un mostro di meraviglie, invece di una piccola perla che cresce con i suoi tempi.

«Common sense is not so common», dicono gli inglesi. Per educare – credo di averlo ripetuto centinaia di volte – occorre essere autorevoli.

La direttrice di un settimanale mi chiede cosa penso di un'idea emersa nella sua redazione, composta in gran parte di madri di adolescenti: per limitare i rischi connessi alle bravate del sabato sera, hanno pensato d'invitare figli e amici a tornare a casa a «farsi una canna»: meglio tra le quattro mura della propria camera da letto che in un parcheggio di discoteca, per poi guidare fatti e ubriachi.

Della serie: la battaglia dell'educare è perduta, limitiamo almeno i danni piú drammatici.

Dov'è finita l'autorevolezza? La generazione che oggi ha figli adolescenti trenta o piú anni fa lottava contro le forme di autoritarismo dei propri genitori: battaglia sacrosanta, senza la quale non potremmo oggi parlare di relazioni empatiche, di nuova pedagogia (quella, per intenderci, che ha prodotto in questo Paese esperienze di scuola dell'infanzia che mezzo mondo ci invidia e che sono nate dall'opposizione a ogni forma di violenza). Il problema è venuto dopo, quando – divenuta adulta – quella generazione non è stata capace di capire che l'autoritarismo doveva essere sostituito dall'autorevolezza.

Sono cosí nate e proliferate figure genitoriali patetiche,

pedagogicamente disastrose: ad esempio, nonni che fanno le veci dei genitori,o peggio ancora genitori che fanno gli amici dei figli. Come quelle signore giornaliste tentavano di fare.

Qui devo ripetere – anche a costo di annoiare qualche lettore – alcuni punti fondamentali a proposito dell'importanza delle regole. Per rendere credibile qualsiasi progetto educativo.

La differenza tra un amico e un genitore è ovvia: se il primo dice un «no» è un'opinione; se quello stesso «no» lo pronuncia un padre o una madre è una regola. Ecco perché molti adulti hanno scelto di immedesimarsi nella figura ibrida e ipocrita di genitore-amico: per evitare di assumersi la responsabilità delle regole.

Poniamo il caso che una figlia adolescente stia per uscire di casa il sabato sera. I genitori dovranno pur dirle a che ora rincasare (e qui si può rasentare il comico, una ragazza mi ha raccontato la prescrizione di sua madre: «Torna all'ora che ti sembra giusta», costringendo la figlia a passare la serata a interrogarsi con l'amica su quale fosse l'orario corretto secondo la madre).

L'esercizio dell'autorevolezza implica la necessità di declinare la regola, quindi si dovrà dare una spiegazione sul perché, ad esempio, si chieda a una figlia di rientrare a mezzanotte, e non alle due, e non è certo facile essere convincenti. L'unico modo è affermare che una famiglia è una rete che si regge sul fondamentale principio del rispetto.

Ma perché abbia autorevolezza, una regola deve valere per tutti, per i genitori anzitutto (non esistono regole per i figli, ma solo regole). Per questo molti di loro preferiscono abdicare al proprio ruolo di persone autorevoli, alcuni rifugiandosi in vecchi modelli autoritari («No perché no! », urlavano i nostri nonni battendo il pugno sul tavolo), altri arrampicandosi sugli specchi di soluzioni paritaric, magari ammantate da un modaiolo «politicamente corretto».

Possiamo pure girare la frittata come ci pare, ma per essere autorevoli occorre essere coerenti. Eppure la cultura prevalente sembra dimenticarlo, o ignorarlo.

Prendiamo l'esempio del fumo. Si spendono molte parole per scoraggiarlo tra i giovani, eppure è proprio lo Stato che fino a pochi mesi fa produceva e vendeva sigarette (ora sembra deciso ad abdicare in favore dei privati), con l'imbarazzo di due ex ministri della Salute illustri cancerologi. E non è finita: proprio mentre al ministero dell'Agricoltura si dichiarano soddisfatti per il mantenimento degli aiuti economici europei alle colture di tabacco per i prossimi quindici anni, la Rai manda in onda una campagna pubblicitaria per dissuadere i giovani dal fumo.

Anche per vendere automobili non ci si spreca in coerenza: la Fiat per fare pubblicità al suo modello piú popolare tra i giovani utilizza il piú veloce dei piloti di Formula Uno, Michel Schumacher. E poi ci strappiamo i capelli ogni volta un ragazzo muore correndo il sabato sera.

A proposito di credibilità, coerenza, autorevolezza degli adulti e del loro buon senso.

Un'educazione senza regole non ha alcuna probabilità di funzionare: sono gli stessi bambini che – inconsciamente – chiedono agli adulti di essere autorevoli, cioè coerenti e fermi. Ne hanno bisogno, per crescere senza paura.

In Inghilterra, la Camera dei Lord ha recentemente riaffermato la legittimità di ricorrere a uno schiaffo, per educare. Non è una buona notizia: speravo che il tempo dell'autoritarismo avesse lasciato spazio a una pedagogia piú mite e consistente.

Da noi le cose non sono diverse. Al piú si discute sugli strumenti punitivi succedanei al ceffone: chi proibisce la PlayStation o la televisione, chi ritiene ancora efficace il classico «a letto senza cena».

La confusione è ulteriormente aggravata da due fenomeni.

Il primo riguarda la crescita dei sensi di colpa degli adulti nei confronti dei figli: a causa delle proprie assenze e distrazioni gli adulti si sentono inadempienti, quindi inadeguati, non riescono a essere irremovibili proprio nel momento di far rispettare le regole, quindi si lasciano sedurre dalla facilitazione/scorciatoia di transigere e negoziare.

Un appunto, un breve inciso. Politici e giornalisti potrebbero – teoricamente – influenzare in modo significativo il cambiamento in atto nel modo di educare: i primi modificando il campo legislativo, gli altri comunicandone acquisizioni e amplificandone contraddizioni. Il problema è che proprio di queste due categorie fanno parte persone gravate da consapevoli o meno sensi di colpa in quanto ancor piú spesso lontane dal mondo dei propri figli – per impegni sociali e di lavoro – di altri professionisti.

Forse anche questo rende cosí difficile avviare un discorso sereno sul rinnovamento delle politiche educative nel nostro Paese.

Ma torniamo agli elementi confusivi circa il rispetto delle regole.

La seconda osservazione riguarda i tempi e i luoghi di

vita dei nostri figli. Una volta esisteva ciò che in qualche mio scritto precedente ho chiamato il «terzo luogo», ovvero uno spazio dove bambini e adolescenti crescevano fuori del contatto diretto con gli adulti: né casa né scuola, ma prato, piazza, strada. Oggi c'è sempre almeno un adulto con loro (genitore, insegnante, allenatore...): ciò significa la scomparsa dell'educazione fra pari. Non esistono piú regole o regolamenti elaborati e applicati tra bambini e adolescenti, solo principî adulti che i piú piccoli devono far propri. Ciò che disciplina l'educazione è oggi un obbligo, mai una scelta consapevole maturata all'interno del proprio mondo infantile. In altre parole, le regole educative non vengono mai vissute da un bambino o un adolescente come proprie, ma come qualcosa di esterno che deve essere passivamente accettato. Ciò è funzionale a un processo di «crescita irresponsabile», ben visibile oggi.

Un genitore è come un faro nella notte buia: utile se tutti sanno dov'è, senza incertezze o interpretazioni: fondamentale nella tempesta, meno nei giorni di buon tempo.

Le regole importanti sono poche, sul resto ci si può mettere d'accordo; ciascuna di esse è tale solo se prevede una soglia che il minore è tenuto a non oltrepassare.

Affinché ciò avvenga, un adulto deve fare la cosa piú elementare e la piú educativa: dare l'esempio.

Insomma: se un padre vuol educare il figlio al rispetto del prossimo, deve anzitutto rispettarlo lui.

In un liceo di Forlí assisto a una discussione tra studenti degli ultimi anni: parlano di libertà, di viaggi, dell'estate ormai prossima.

Una ragazza dice che il suo programma è passare il tempo nelle discoteche della riviera romagnola. Le chiedo se non abbia anche qualche altra aspettativa: non mi capisce. «Tipo?» fa lei. «Non so, magari un bel biglietto inter-rail per girare in treno l'Europa», provo a suggerire, «potrebbe esser meglio di una discoteca dove sei già stata mille volte...» «E che differenza c'è?» mi risponde con il tono di chi non si capacita, anzi si stupisce del mio stupore.

Naturalmente non tutti i compagni sono d'accordo, ma è comunque terrificante l'idea che una parte non trascurabile dei giovani d'oggi possa pensare che un viaggio – ovvero la sorpresa e l'intrapresa, la curiosità e la fatica dell'andare in libertà – sia del tutto inutile, magari perché una bella fetta del mondo la si è già vista in televisione.

Una generazione cresciuta nell'abbondanza e nel superfluo, imbalsamata di benessere, risulta incapace di curiosità, di sogno, di trasgressione vera: a meno che non si creda che lo sia fare l'alba a guardare una cubista con la pelle oleata come una biscia d'acqua, trangugiare birre e vodke ghiacciate e calarsi qualche pastiglia eccitante per poi tornare a casa a duecento chilometri all'ora sfiorando i platani.

Se trasgredire significa «disobbedire», «andare oltre»:

perché tanti ragazzi rinunciano a criticare una comunità che dimostra in tutti i modi di non essere interessata al proprio futuro, ovvero alla loro condizione? Non si sono accorti del grande imbroglio?

Abbiamo inconsciamente siglato un patto terrificante. Come se avessimo invitato i nostri figli a una cena, la piú mirabolante e sontuosa, e poi dicessimo loro: «Mangiate e bevete tutto ciò che desiderate, è tutto gratuito, è tutto pronto per voi. Ma non provate a dire una parola di piú, le abbiamo pronunciate tutte noi; non sognate nulla, lo abbiamo già fatto per voi». La peggiore condanna per una generazione: l'induzione di una sorta di depressione collettiva, l'uccisione stessa della prospettiva, la morte dell'utopia, ovvero del diritto, del desiderio e della consapevolezza di poter cambiare le cose.

In fondo, cosa dovrebbero augurarsi i genitori per i propri figli se non che siano migliori di loro? Oppure li preferiscono replicanti, cloni, mansueti mammiferi dediti a conservare ciò che hanno ereditato?

Altro istituto di scuola media superiore, questa volta un tecnico a prevalenza femminile. Alle nove in punto uno sciame di ragazze entra nell'aula magna. Ordinate, beneducate, quasi tutte vestite di nero. È successo qualcosa, chiedo, qualcosa di brutto? «Niente affatto, non si preoccupi...» mi rassicurano, «è che il nero sfina...» Le guardo, sono tutte uguali: stessi pantaloni vita bassa, stesso capello stirato, stesse scarpe a punta. Nessuna sembra avere bisogno di un colore che la faccia sembrare diversa. Identiche tra loro e indifferenti al contesto: potrebbero essere a una festa, davanti al prof di matematica o al funerale del nonno.

Quando ero un ragazzo, non c'erano negozi di moda dedicati a noi, ma semplicemente botteghe per adulti che tenevano anche taglie piú piccole. Come quella dei padri, anche la nostra divisa della festa era vestito grigio, camicia bianca, scarpe scure, calzino corto chiaro. Nelle foto di famiglia dei vecchi album, i maschi sono vestiti uguali, dal nonno al nipote. Il colore faceva paura o doveva incutere rispetto: era lasciato alle bandiere e ai cardinali.

Oggi, decenni dopo, una delle industrie piú fiorenti è proprio quella dell'abbigliamento giovanile: per le generazioni dopo la nostra si sono aperte le porte dell'illusione delle libertà individuali e della concretezza dei soldi delle paghette elargite dai genitori.

E allora perché quelle ragazze erano tutte in nero? Perché nemmeno una era stata capace di dirsi, mentre si vestiva: «Oggi mi sento felice, voglio essere a modo mio, voglio un colore che piace a me, che magari non mi snellisce i fianchi ma che sono solo io a portare in tutti i tre piani dell'istituto, e poco importa se le mie amiche mi guarderanno come fossi marziana o se qualcuno farà la battutina scontata...»?

Siamo dunque di fronte a una latitanza di libertà reale, dopo decenni in cui non abbiamo parlato d'altro? Ci siamo illusi di essere diventati persone autonome, non piú chiuse in un gregge? Una generazione di genitori che ha voluto la libertà, l'ha cercata e ha lottato per ottenerla, si è poi dimenticata di insegnarla ai figli?

Quei vestiti tutti neri sanno di sconfitta, odorano di lutto collettivo.

Federica, studentessa di un liceo romano, mi scrive:

«... perché si ha così tanta paura del diverso? Tutti uguali ci si sente più uniti, più sicuri e quindi più accettati, ma così non c'è gusto. Le anoressiche si creano un modo speciale di vivere credendo di essere uniche, quando poi sono tutte uguali. Anch'io ero uguale a loro, poi ho capito che non ha senso. Però per certi aspetti continuo a essere uguale. Cerco sempre di raggiungere obiettivi estremi e assurdi, sapendo che non ha senso. Per esempio: tutti mi criticano per questa mia mania: quella di non fare assenze a scuola. Da quando sto al liceo, mai ne ho fatta una e se succedesse sarebbe una tragedia per me. La preside mi premia ogni anno, ma ci sono delle professoresse che non sono d'accordo perché, secondo loro, prendo la scuola troppo sul serio. È vero...»

Cittadina in provincia di Verona. Alla fine di un incontro con gli studenti del liceo scientifico, una ragazza dell'ultimo anno mi si presenta, vuole dirmi qualcosa. Ci sediamo in disparte e lei mi racconta della sua grande passione: la poesia russa del Novecento. Ne parla con competenza, nelle sue parole la gioia delle ore passate a leggere. Poi le chiedo che vita fa: un disastro, sola, aliena, isolata dagli amici, derisa anche a scuola, non capita nemmeno dalla sua insegnante d'italiano.

Certo, se una ragazza sa tutto su Osip Mandel'štam o su Aleksandr Blok rischia magari di non essere aggiornata, come le sue coetanee, sulle novità di Max and Co. o di Onyx o sull'ultimo cd dei White Stripes, quindi non verrà invitata in discoteca.

Come dev'essere difficile la vita per un adolescente che abbia semplicemente l'ambizione di essere se stesso: soprattutto oggi, sommerso nel terribile paradosso di una società che dice di credere nella libertà, ma non la sa amministrare né tanto meno insegnare.

Come potrà essere la quotidianità di quella ragazza con la passione dei poeti russi? Semplice: trascorsa a casa sua, asserragliata nella propria camera da letto. Esiste forse un luogo nella città – qualsiasi città, grande o piccola, amministrata dalla destra o dalla sinistra – dove la sua passione possa essere accolta, un luogo interessato davvero alle sue scoperte meravigliose? la scuola, una parrocchia, qualche metro quadro pubblico?

La risposta è semplice e agghiacciante: no. Nemmeno la sua scuola è curiosa di quelle letture, perché non sono previste dai programmi ministeriali.

Eppure, si potrebbe eccepire, il nostro territorio è disseminato di luoghi per i giovani: associazioni sportive, discoteche, pub, sale-prova per musicisti, bar con migliaia di videogiochi. Tutti luoghi a pagamento, dove c'è sempre un adulto che specula sui ragazzi e guadagna un sacco di soldi. I giovani non sono cittadini della nostra comunità, tutt'al piú ospiti o clienti.

E allora se quella ragazza non può contaminare qualche suo coetaneo con la poesia russa del Novecento, come può diffondersi un'idea controcorrente, come può prender piede la speranza che si possa e si debba sapere che essere anticonformisti non è un ruolo o una maschera stucchevole, ma una naturale e libera scelta di vita?

Che cosa deve fare un adolescente per sentirsi e dirsi diverso: essere anoressico, drogato, alcolizzato? E se anche quelle vie di fuga dalla banale normalità rischiano di rappresentare il conformismo dell'anticonformismo, cosa gli resta da fare? arrendersi?

Un'alternativa purtroppo sembra prevalere: l'idea di bastarsi, di pensare che è piú che sufficiente essere come si è. Una vera offesa alla vita, una mancanza di rispetto verso se stessi. Il trionfo della piú desolante autarchia, ovvero la forma piú misera di presunzione: non ho bisogno d'altro, possiedo già tutto il necessario per sopravvivere.

La diffusione di alcol e di droga – che parla di solitudine, sopravvivenza chimica, artificio esistenziale – è lo specchio abbastanza fedele di una generazione che rischia di ritrarsi routinariamente, di chiudersi in se stessa, sazia di benessere. Una tendenza sempre piú precoce, come segnalano puntualmente ogni anno i dati dei servizi per le tossicodipendenze: gli spinelli compaiono ormai nella preadolescenza e la cocaina, simbolo di un mondo fatuo e narcisista, è una prospettiva piú che reale, la piú facilmente sognata.

Una sera d'estate mi è capitato di essere a una festa sulla spiaggia di un borgo ligure. Musica africana, ragazze e ragazzi danzano a piedi scalzi, contenti: non ve n'è uno che non abbia con sé una o due bottiglie di birra, una sigaretta in bocca e l'altra sul padiglione dell'orecchio. La spontaneità è sepolta. La relazione è sempre delegata a qualcosa, a un oggetto, a una sostanza. Su quella spiaggia di naturale c'è rimasta la sabbia.

Se molti adolescenti sono ossessionati dalla normalità e dalla spontaneità, ciò accade anche perché lo sono per primi i loro genitori.

Spesso mi chiedono: «Ma se mi rifiuto di comprare l'ennesimo zainetto di marca a mio figlio, lui si dispera dicendomi che i suoi amici l'hanno avuto in regalo dai loro genitori; e se, non volendomi adeguare a ciò che fanno tutti gli altri, lo crescessi diverso? e se per questo ne soffrisse?»

Come se l'obiettivo fosse avere ognuno gli stessi figli, come se nell'educarli avessimo inglobato la logica di una azienda che vuole rendere tutti clienti di uno stesso zainetto.

La gioia di una madre o di un padre dovrebbe essere crescere un figlio o una figlia arricchito/a da quello stupefacente valore aggiunto che è la sua diversità: ciò che la storia dell'uomo ha creato in milioni di anni sul pianeta, ovvero l'impossibilità di replicarci identici.

Il sindaco di una piccola città della Romagna mi racconta con orgoglio che in entrambe le sue scuole elementari i bambini e le bambine portano i grembiulini. Gli chiedo di spiegarmi un pensiero che mi sembra barbarico e lui mi risponde citando due ragioni, l'una piú terrificante dell'altra.

La prima è che in questo modo tutti i bambini dovrebbero essere uguali. Ancora una volta, la paura della diversità esorcizzata da una maschera di uguaglianza per rassicurare tutti, compreso il primo cittadino. Apparire uguali e non esserlo, oltre tutto: a segnalare l'ipocrisia degli adulti, sotto le piccole divise identiche per colore e foggia spunteranno comunque scarpette diverse, e da macchine ancor piú diverse i piccoli si vedranno scendere ogni mattina davanti a scuola, cosí come impareranno a distinguere che diverse sono le loro case e i giochi che possiedono.

Perché allora non affrontare il complicato lavoro di spiegar loro quante e quali siano le differenze tra gli uomini della terra, e perché tante siano ingiuste? Perché non dire che alcune diversità appartengono alla nostra creatività e visione del mondo, altre sono il prodotto di cultura, religione, razza, sesso, politica, altre ancora della piú spregevole subalternità al potere?

Cose forse difficili da spiegare, ma utili per aiutare un bambino a orientarsi in un mondo reale, non in quello virtuale e ipocrita cui alcuni vorrebbero s'illudesse di appartenere.

La seconda ragione addotta dal sindaco romagnolo è che, portando quella divisa, i bambini non rischiano di sporcarsi. A quel punto mi permetto una domanda e gli chiedo una risposta sincera: «Supponiamo che suo figlio frequenti una di queste scuole elementari e che indossi tutte le mattine il suo bravo grembiulino. Mettiamo che, nella stagione delle piogge, sul pezzo di strada tra la scuola e la fermata del bus giallo, che lo riporta a casa assieme ai suoi compagni, si formino trentasette pozzanghere, di numero. Se suo figlio riuscisse a evitarle tutte e trentasette e a salire sul bus perfettamente immacolato, lo riterrebbe mentalmente integro o si preoccuperebbe per le sue condizioni psicologiche?»

Chissà quanti genitori sono d'accordo con i ragionamenti del sindaco, quanti preferiscono anteporre un vuoto senso dell'ordine e della pulizia al piacere d'insegnare la libertà di seguire i propri sensi.

Se un bambino impara questo rischia di diventare imbarazzante, potrebbe far cose che altri magari vorrebbero, ma temono: toccare, esplorare, sentire la realtà e sentirsene parte insegna a essere liberi e forse quel sindaco non è l'unica persona che preferisce vivere in una comunità muta e asservita piuttosto che tra gente che ha imparato a giudicare con la propria testa.

Una buona scuola è quella dove il bambino entra pulito e torna a casa sporco: vuol dire che ha giocato, si è divertito, si è dipinto addosso, ha usato i propri sensi, è entrato in contatto fisico ed emotivo con gli altri. In altre parole: ha iniziato a vivere.

Mattina di un giorno qualsiasi della settimana, Torino, Galleria d'arte moderna.

Non voglio perdermi una magnifica mostra di artisti africani. L'ambiente è suggestivo: grandi sale buie, spot a illuminare formidabili sculture di ferro, bronzo, legno. Musica tribale di sottofondo, un'atmosfera magica: infatti sono solo a visitarla, tutti a lavorare in questa città, anche i pensionati. Finalmente entra qualcuno, una scolaresca, lo si capisce perché c'è un insegnante davanti e uno in fondo al gruppo; avanzano disciplinati, tenuti a bada dai due cani pastore: la geometria del gruppo dev'essere evidentemente piú importante del capire il senso di quelle straordinarie creazioni.

Affrettandomi a precedere quel gruppo di fantasmi, arrivo nella sala piú grande, resa immensa dal buio squarciato da un faro a illuminare un prorompente tronco dipinto con una terra color giallo zafferano intenso: incantesimo di una foresta lontana, eppure prossima alle nostre piú profonde inquietudini. Avvicinandomi percepisco un profumo indicibile, ulteriore magia dell'anonimo artista, odore di un altrove lento e deduttivo, qualcosa che richiama alchimie, archetipi del senso dell'abitare un unico pianeta.

Sono preso e perso. Con la coda dell'occhio scorgo un

ragazzo staccarsi dal gruppo e andare verso l'albero zafferano: chissà cosa vuol fare, toccarlo, abbracciarlo, leccarlo e annusarlo come un animale esotico materializzato da chissà quale sogno o paura? Immediatamente lo raggiungono le due insegnanti davvero inferocite, gli intimano di rientrare nei ranghi. Forse verrà redarguito, penso, non certo indicato ai suoi compagni come un esempio da imitare.

In effetti era proprio lui l'unico non «autistico» (in senso lato, non psicopatologico) del gruppo, l'unico ancora cerebro-illeso, chissà come sopravvissuto all'appiattimento educativo che troppo spesso tende a sclerotizzare le personalità dei nostri ragazzi; l'unico in grado di dimostrare a se stesso e ai coetanei di saper percepire la forza della «sinestesia» (dal greco *syn-aisthesis,* sensazione, percezione simultanea, ovvero quella particolare figura retorica consistente nella capacità di associare due o piú termini pertinenti a forme sensoriali differenti, ad esempio una sensazione uditiva a una visiva e a una olfattiva). Una sinestesia che potrei, in questo contesto, contrapporre al concetto di «anestesia» – qui interpretabile come insensibilità o incapacità a utilizzare i propri sensi – e dunque alla perdita, per dirla con Roland Barthes, del «piacere inerente all'associazione di idee».

Il ragazzo uscito dal gruppo come per un richiamo forse misterioso anche a lui, ma subito riacchiappato, piallato, «normalizzato» nel gruppo, era dunque l'unico che aveva iniziato a reagire a quella formidabile provocazione sensoriale: per svegliarci dal coma emotivo in cui molti di noi sono precipitati, l'oscuro scultore africano aveva infatti usato quel giallo selvaggio per eccitare la vista, le straordinarie misure per sbalordire un tatto addomesticato, un profumo misterioso per smerigliare il piú trascurato dei nostri sensi.

Cosa vuole davvero la nostra cultura, cosa promuove? un ragazzo capace di andare incontro al mistero e lo pretende, o chi nemmeno si è accorto della bellezza e continua a scrivere sms o parlottare e ridacchiare? A quegli insegnanti importava solo che i ragazzi mantenessero l'ordine e non rompessero le righe, come avrebbe imposto un bravo e insensibile sergente prussiano.

I piccoli irreggimentati nei grembiulini uguali e le ragazze tutte vestite di nero fanno meno paura, rassicurano; il ragazzo che vuole abbracciare il tronco africano crea problemi perché ha alzato, senza che nessuno se ne accorgesse, il livello delle proprie aspettative e adesso è in attesa di qualcosa dagli adulti. Ecco perché non piace, dà fastidio, viene punito; ecco perché non diventa un esempio da additare agli altri.

Eppure non è impossibile combattere quella forma dilagante di «autismo», basterebbe seguire l'insegnamento di qualche grande maestro.

Probabilmente non tutti sanno che Tonino Guerra, grande poeta romagnolo e indimenticabile sceneggiatore di capolavori della cinematografia del Novecento – collaboratore di Federico Fellini, Michelangelo Antonioni, Theo Angelopulos, di Andrej Tarkovskij – è nato, professionalmente parlando, come pedagogista.

Finita la guerra e tornato a Santarcangelo, suo paese d'origine, dal lager nazista di Troisdorf, fonda il primo circolo di poeti dialettali, ma è subito attratto dal progetto pedagogico che Margherita Zoebeli ha da poco iniziato a Rimini e che negli anni (nonostante i numerosi detrattori è ancora funzionante, per fortuna) sarà noto come «la scuola svizzera».

Non ricordo quanto tempo Tonino Guerra abbia passato in quel luogo sorto come un miracolo della Provvidenza a sanare parte delle ferite e delle macerie della città offesa, comunque abbastanza per apprendere qualcosa di straordinario da quella «magia larga», come lui definiva l'attività pionieristica di Margherita.

Sta di fatto che l'allarga ulteriormente, una volta trovato lavoro come insegnante d'italiano in un paese della zona. Si sente impreparato ad affrontare quei ragazzi e allora inventa un'idea per entrare nel loro mondo emotivo, un tema: «Ieri sera a cena». Ed ecco i ragazzi, chi piú chi meno, cimentarsi con questo semplice e in po' bizzarro argomento. La settimana successiva, stesso tema. E cosí via, per molte altre settimane di seguito. I ragazzi naturalmente protestano, ma la straordinaria intuizione di Tonino dà i suoi frutti: se la prima volta hanno risposto facendo riferimento principalmente al proprio schema cognitivo («ho mangiato pasta e fagioli... mio fratello ha mangiato dalla mia scodella...»), costretti a ritornare su quel piccolo e semplice argomento hanno dovuto attingere alle proprie competenze emotive («la pasta non era ben cotta... il nonno era triste... papà si è arrabbiato e ha urlato tutto il tempo alla mamma...»)

Risultato: gli ultimi temi sono piú interessanti rispetto ai primi proprio perché i ragazzi hanno allargato il proprio sguardo sul mondo utilizzando in modo piú acuto i sensi, il punto di vista è diventato piú vasto e complesso. Come avessero imparato, tornando e ritornando su un piccolo pezzo della propria quotidianità, che il problema non è ciò che può capitare nella vita, ma come lo si vive e lo si sente.

A un risultato assolutamente simile mi ha condotto un'esperienza insegnatami da un altro grande maestro, vecchio amico di Tonino Guerra: Nino Migliori, uno dei piú innovativi e straordinari fotografi viventi (precursore delle nuove tecniche di trasformazione della pellicola fotografica, inventore della «off camera» o delle «ossidazioni»).

Quando abbiamo lavorato assieme a un progetto con gli studenti delle scuole della Valsugana, abbiamo cercato di replicare ciò che aveva provato a fare con un gruppo di bambini di quella zona. L'insegnante aveva dapprima chiesto di scrivere un tema sulla domenica passata in famiglia, dopodiché Nino aveva offerto a ciascun bambino, attraverso una raccolta d'immagini tratte da internet, la possibilità di scegliere, via via che si dipanava il racconto, quelle che meglio si adattavano al ricordo. Un bosco semplicemente memorizzato è cosa assai diversa dalla sensazione di chiaroscuro ritrovata in un'immagine fotografica. Terminata la ricerca su internet, l'insegnante chiedeva ai bambini di riscrivere il tema che questa volta appariva straordinariamente arricchito di colori e fantasia.

Anche questa esperienza dunque dimostra che l'utilizzo dei sensi porta l'individuo a una percezione emotiva della realtà che risulta enormemente piú arricchente rispetto a quella dedotta soltanto in termini cognitivi.

Uno dei limiti piú evidenti dell'idea di educare è infatti una sacra ossessione: il voler capire a tutti i costi i propri figli. Lo si fa in modi diversi ma convergenti: scrutando diari segreti, frugando nelle tasche, esaminando una pagella, esultando per una partita vinta, rallegrandosi perché escono vestiti decentemente e non si sono ancora fatti fare tatuaggi né piercing. L'ossessione della comprensione porta a quella, speculare, del controllo su comportamenti, del giudizio sull'esteriorità.

Pochi genitori ritengono invece che il «sentire» i figli sia prioritario rispetto al comprenderli. Sentire implica la necessità di utilizzare non solo l'udito, ma anche ogni altro senso: ovvero implica l'ascolto, nel significato piú alto e magistrale.

Ascoltare è prescindere dal giudizio, rende necessaria una relazione di «simpatia» (dall'etimo: sentire insieme, nello stesso tempo) che precede, preannuncia quella «empatica».

Una buona parte dei ragazzi di oggi è dunque cresciuta imparando a temere ogni deviazione dallo standard normativo. La norma è interpretata come rassicurazione e ciò conduce all'appiattimento. Forse il benessere ha a che fare con tutto ciò: l'idea che questa comunità abbia realizzato il migliore dei mondi possibili, che non vi sia piú nulla di essenziale da desiderare, perseguire, cambiare toglie un elemento fondamentale alla crescita e allo sviluppo, la rabbia.

Per rabbia non intendo certo la forza distruttiva che porta l'uomo a replicare la piú cieca e stupida violenza, bensí quell'energia straordinaria che fa tenere la schiena orgogliosamente dritta («outstanding», dicono gli inglesi, cioè il collo mai piegato, dunque visibili nel proprio orgoglio di stare al mondo): ciò rende l'individuo capace di far fronte a ogni evento della vita – positivo o negativo – trasformandolo in occasione di crescita.

Far capire a un figlio che, avendo già molto piú del necessario, non è cosí rilevante se nella vita progetterà o si limiterà a usare ciò che ha ricevuto dai genitori, vuol dire condannarlo ad ammainare buona parte delle proprie ambizioni esistenziali.

Nell'idea piú intensa e forte di crescita dovrebbe, invece, essere contenuto anche – e soprattutto – l'impegno/dovere di modificare, creare: è necessario autorizzarsi a pensare che nel passaggio tra le generazioni non tutto ciò che hanno conquistato i padri dev'essere necessariamente consegnato ai figli. Occorre che crescano con l'idea di dover conquistarsi la vita, meritarsela.

Credo infatti fortemente che una riflessione non facile sia ormai necessaria e urgente: siamo davvero sicuri che garantire ai propri figli ogni sicurezza per il futuro li faccia crescere piú forti e sereni? È davvero indiscutibile il dover lasciare loro in eredità soldi, appartamento, macchina? Non sto perorando l'abbandono economico dei figli, ma sono certo che se, quando ero ancora un ragazzo in cerca di una vita possibile, i miei genitori mi avessero garantito un approdo già pronto, sicuro e vicino, non avrei accettato di cercare e scoprire qualcosa altrove: la mia vita sarebbe stata meno mia.

Molti italiani, si sa, vanno pazzi per i condoni: adorano quello catastale che permette di far diventare una stanza il terrazzo della cucina o di sanare la villetta costruita abusivamente sulla costiera incontaminata, provano grandi e perduranti emozioni ogni volta che un governo ne propone uno fiscale. Come non aspettarsi, quindi, che tra quei cittadini si potesse nascondere un piccolo genio in grado di inventare il «condono educativo»?

Il concetto è elementare e del tutto risolutivo. Se un figlio non ha voglia di far niente, nemmeno la fatica di studiare un giorno alla settimana, e corre il rischio di ripetere per la seconda volta l'anno scolastico, non bisogna perdersi d'animo: basta «condonarlo», ovvero disporre di qualche migliaia di euro, iscriverlo a uno dei tanti istituti privati che promette a chiunque – a prescindere da capacità o volontà – qualsiasi diploma senza il minimo sforzo.

In questo modo sono contenti i genitori che finalmente possono vantarsi ai quattro venti di un figlio diplomato, è felice il figlio finalmente lasciato in pace con il suo pezzo di carta da incorniciare in camera. Ha imparato dai genitori che nella vita con i soldi si rimedia a tutto. E sono felici perfino gli insegnanti delle scuole pubbliche che finalmente vedono la propria classe setacciata dalle piante infestanti dei fannulloni.

La scuola non è cambiata, forse non può cambiare perché molti (la maggioranza?) la vogliono proprio cosí: non ci investiamo risorse e non pretendiamo risultati. Le città sono invase da cartelloni pubblicitari sei metri per tre che promettono recuperi scolastici prodigiosi, esami indolori.

Il messaggio educativo è tanto semplice quanto dissennato: tutto dev'essere facile, raggiungibile, al di là di merito e fatica. Cosí vogliono i genitori, per smettere di rinfacciare ai figli insuccessi e indolenza; cosí vogliono i figli, per rimandare all'infinito il confronto con la vita reale.

Tutti condonati, tutti contenti, compresi gli insegnanti che l'anno dopo avranno meno sfaccendati da convincere a impegnarsi almeno un po'. Trionfa l'Italietta da sei meno meno: potessi essere per un giorno solo ministro dell'istruzione, per prima cosa abolirei quel voto pornografico. Perché il tragico è che con il sei meno meno ti promuovono: l'inno piú pernicioso alla mediocrità.

Testimonial di queste campagne pubblicitarie sono di solito i calciatori famosi, quelli che hanno fatto tanti goal e tanti miliardi con la terza media in tasca, prova vivente di come si possa diventare ricchi e famosi rimanendo ignoranti: cultura e conoscenza degradati a inutile orpello, nella percezione di troppi.

Chissà come ci sentiremo domani, quando non sapremo se la laurea del nostro medico o architetto è il prodotto di un merito reale o di qualche istituto privato compiacente? C'è qualcuno che si farebbe aprire la pancia da un medico laureato con lo stesso sforzo compiuto da un centravanti della nazionale di calcio per garantirsi quel diploma?

Come potrà questo Paese competere in Europa e nel mondo se i nostri figli non avranno basi serie per accettare una sfida alla pari?

Per troppo tempo abbiamo pensato che potesse funzionare cosí come sempre: un'intera economia basata sull'ingegno di migliaia di semianalfabeti capaci d'inventare industrie e prodotti stupefacenti. Improvvisazione, genialità senza basi strutturali, caparbietà, abilità a reggere un enorme peso di lavoro.

Oggi di quel mondo rischia di rimanere solo l'ignoranza, nemmeno piú corretta dal coraggio, dall'abnegazione, dalla capacità di sopportazione, ma soltanto dalla presunzione di farcela.

Di qui la necessità di progettare un'idea nuova di educare, in cui merito e fatica siano sinonimi nel determinare qualsiasi sbocco di vita; un'idea piú severa di educare, che dia fiducia ai figli nella loro capacità di affrontare anche le sfide piú difficili; un'idea che contenga un progetto di scuola fondata sulla valorizzazione del merito e non della furbizia. Una scuola senza scorciatoie, dove vai avanti solo se ti impegni a sapere, dove non contano i soldi per comprare i diplomi (i dati recenti, che segnalano una lieve crescita della percentuale di bocciati nelle superiori, fanno pensare che qualcosa stia finalmente maturando nella testa di insegnanti e genitori).

È questo che davvero vogliamo? Ce la faremo? Quanto siamo disposti a investire in risorse umane ed economiche?

Gordon Brown, ministro delle Finanze e numero due del governo britannico di Tony Blair, ha dichiarato l'educazione priorità assoluta per il suo Paese e ha deciso di raddoppiare nei prossimi anni il budget dedicato. I nostri politici, la nostra comunità, seguiranno l'esempio inglese? O saremo capaci soltanto di replicare il vecchio e ormai inadeguato modello della creatività ignorante?

Spero di non dover temere che, in un Paese dove qualsiasi ragazzo o ragazza possono conquistare la ribalta televisiva solo perché fisicamente carini e socialmente disponibili, l'idea di un condono educativo per i nullafacenti continui a rappresentare una concreta e credibile possibilità.

C'è una forma di revanscismo la cui considerazione non è pari all'evidenza di alcune sue deleterie declinazioni.

In un tempo non molto lontano, chi voleva rendere palese il proprio definitivo affrancamento dai morsi della fame si faceva crescere la pancia: girare per la piazza del paese esibendo un addome rigonfio indicava il lusso di possedere un pollo e qualche razione di burro sempre a disposizione in ghiacciaia, quindi era sinonimo di crescita sociale. Cosí come poteva capitare di vedere persone con l'unghia del mignolo un poco piú lunga delle altre, tenuta sempre ossessivamente pulita: era il segno che non si dovevano piú affondare le mani nella terra (l'unghia si sarebbe spezzata) per guadagnarsi il pane.

In modo analogo, per molti adulti del secondo dopo guerra – gli artefici del boom economico – si è fatta pressante l'esigenza di rendere evidente qualsiasi segno distinguesse i propri figli da quei morti di fame dei progenitori. Fatica e dolore avevano accomunato le loro vite: cancellare ogni forma di fatica e dolore dalla loro educazione avrebbe reso evidente l'affrancamento dei figli.

Il risultato è stato terrificante.

Non sto idealizzando la fatica brutale dei nostri predecessori, né augurando alle giovani generazioni di essere forgiate dal dolore (quasi una necessità, secondo una certa retorica vetero-cattolica, funzionale a rendere piú incisivo il proprio verbo e sopportabili i soprusi e le ingiustizie sociali).

Si tratta piú semplicemente di constatare che questi due elementi sono ineliminabili dal progetto di crescita, anzi rappresentano essi stessi il sinonimo di vita.

Pensiamo all'adolescenza: come potrebbe quello sviluppo sincopato essere deprivato dalla fatica, ovvero dal riconoscimento che quel tempo non sta scorrendo invano? L'adolescenza è dolorosa per definizione: somiglia a un trasloco, traumatico sempre, anche se ci fa trasferire nella casa a lungo sognata, per la quale abbiamo fatto tanti sacrifici; quando chiudiamo la porta del vecchio appartamento, sappiamo bene che non la potremo riaprire mai piú e ci prende un nodo alla gola. Analogamente, un ragazzo sogna di veleggiare il piú velocemente possibile verso l'età adulta, pensandola colma e lucente di libertà; mano a mano che vi si avvicina, però, comprende quanto dietro alle seduzioni libertarie si celi il peso delle responsabilità e vorrebbe magari tornare all'infanzia (le regressioni che tanto spaventano i genitori).

L'adolescenza, dunque, appare come un continuo tentativo o anelito al vivere senza la certezza di riuscire a farlo pienamente: un viaggio a zig-zag a velocità accelerata, una transizione inevitabilmente dolente.

Del resto, un adolescente non inquieto è di per sé inquietante: giacché l'inquietudine attecchisce solo dove c'è qualcosa da dire.

La dimensione del dolore e della fatica permette la costruzione del sistema di anticorpi psicologici necessari alla crescita. Provo a spiegarmi con un esempio.

Qualche tempo fa ho avuto il piacere e l'onore d'incontrare il regista Pupi Avati: un settimanale mi aveva chiesto di intervistarlo.

Mi accoglie nella sua casa romana a quattro passi da piazza di Spagna: una splendida mattina di settembre, il sole e il suo buon umore trasformano un impegno professionale in una piacevolissima chiacchierata tra amici.

Sprofondati l'uno in una poltrona l'altro in un divano di velluto scuro, Pupi Avati mi offre una tazza di caffè sorridendo come ci conoscessimo da anni. Poi, con la pacatezza sorniona di un gatto domestico, inizia a parlare di sé e della propria adolescenza.

Il padre, noto antiquario bolognese, era un uomo bello e affascinante, molto ammirato e conteso dalle donne. Pupi invece cresceva con il complesso di non essere né bello né affascinante, tanto da temere il confronto con le ragazze: gli amici lo chiamavano «Camparino» perché, ogni volta che lo invitavano a una festa, si fermava prima al bar a berne qualcuno per tirarsi su il morale e affrontarle con minor angoscia.

Mi raccontava, con grande senso di autoironia, quel supplizio delle domeniche pomeriggio, ore che non finivano mai passate in un angolo della sala da ballo senza il coraggio di invitare nemmeno la piú brutta per paura di un rifiuto.

Eppure, quel tempo passato a invidiare gli amici belli e sicuri di sé, quel dolore di osservare impotente il successo altrui verificando le proprie incapacità, quell'esperienza apparentemente cosí frustrante conteneva qualcosa di straordinario e fondamentale per la sua formazione.

Dall'angolo delle sale da ballo, Pupi aveva imparato il

mestiere di «guardare» l'altro, ovvero aveva iniziato a osservare e cogliere le differenze minime, le sfumature, i piccoli atteggiamenti, gli ammiccamenti, le gestualità piú inconsapevoli.

Quando, piú avanti con gli anni, cominciò a sentire la passione del cinema, Pupi Avati aveva già dentro di sé la capacità e l'esperienza di usare lo sguardo, di sapere dove e come porlo (e con esso l'obiettivo della macchina da presa). I tagli di luce, le ombre, le minime posture erano per lui esperienze già interiorizzate.

Quel dolore, quell'esperienza di frustrazione adolescenziale l'aveva forgiato consentendogli di conoscere l'altro, costruendo in lui la capacità di osservare e quasi di prevedere un'inquadratura, mai banale proprio perché frutto di sofferenza e fatica. Se il mondo esterno – frequentazioni, seduzioni, amori – fosse stato per lui fruibile, facile, non gli avrebbe permesso di costruire dentro di sé un sapere reale, giacché l'esperienza ha bisogno di stratificarsi anche sul lamento di uno sforzo, non solo sulla gioia di un successo, sul tripudio per un'impresa agevolmente conquistata.

La forza di quel grande artista risiede nell'ammissione di una fragilità, non già nella tracotanza di rimuoverla.

Ogni uomo magnifico contiene una debolezza che lo impreziosisce.

L'idea di stemperare il dolore fino alla presunzione di poterlo estirpare totalmente dalla vita di un adolescente non nasce spontaneamente in una generazione di genitori alla ricerca di una nuova rassicurante identità. Proviene anche da ambienti culturali che la maggioranza dei cittadini ritiene al di sopra di ogni sospetto di manipolazione ideologica: l'apparato scientifico. La pratica di molti psichiatri e gli annunci di scienziati – poco importa se suffragati o meno da prove ineccepibili – possono trasformare un'opinione isolata in pensiero diffuso.

Molti miei colleghi, infatti, ritengono compito di uno psichiatra sradicare dalla vita di una persona – soprattutto se giovane – ogni forma di dolore. Ricordo un aspro scontro radiofonico di qualche anno fa con un noto rappresentante della psichiatria biologica italiana.

Erano le settimane successive al suicidio di Primo Levi e sulle colonne del «New York Times» era comparsa l'opinione di un celebrato allievo del citato psichiatra: se il grande scrittore fosse stato piú attentamente seguito e curato (farmacologicamente, intendeva) non si sarebbe tolto la vita. Ovviamente il suo maestro si dichiarava totalmente d'accordo. Obiettai che il nostro compito non è cancellare le macchie dalla vita di un essere umano, che il dolore è parte della nostra esistenza esattamente come la gioia.

Primo Levi aveva conosciuto sulla propria pelle ciò che di piú terrificante un uomo può concepire: l'olocausto, lo sterminio di milioni di innocenti.

Chi può arrogarsi il diritto di estirpare da un uomo questo ricordo, e l'infinita pena della sopravvivenza? Come sottrarsi dal vivere quotidianamente il senso di colpa di essere ancora al mondo, e non per meriti o valori negli altri assenti, ma solo per un sadico gioco del destino? Come non capire che, a un certo punto del cammino, si possa, voglia chiudere un interruttore e smettere di scrivere, si abbia diritto a pensare alla morte come a un sollievo?

Come può uno psichiatra contrastare tutto ciò? Chi gli permette questo arbitrio? E poi: quale antidepressivo può far scordare il dolore di stare in un mondo che ha osato ciò che nessun dio potrebbe ammettere a se stesso?

Compito di uno psichiatra è accompagnare la crescita, è riconoscere il dolore e non cancellarlo; semmai deve provare a far sí che il danno non si riproduca, che non germogli una pianta infestante l'intera esistenza.

Penso che mio compito non sia colpire il dolore – un segno della nostra esistenza – ma guastarne la cronicità.

Eppure alcuni settori della ricerca scientifica sembrano sedotti dall'onnipotenza di anestetizzare la vita. Qualche settimana fa ne è arrivata l'ennesima conferma.

In un laboratorio statunitense, un gruppo di scienziati ha dichiarato di essere in avanzata fase di sperimentazione di una molecola in grado d'immunizzare alcuni topi dai ricordi del dolore, del trauma.

La sfida è esplicita: mettere in commercio, nel prossimo futuro, un farmaco, un principio chimico in grado di cancellare come un segno di gesso sulla lavagna la memoria di un danno subito, il senso di colpa che vi si accompagna.

L'obiettivo è evidente: si potrebbe cosí costruire artificialmente un superuomo capace di non soffrire, di non provare disprezzo per se stesso, per ciò che ha fatto. Un uomo senza colpe né responsabilità, l'ombra di un'anima chimicamente rimossa. Un simile uomo potrebbe «finalmente» essere libero di massacrare, uccidere, stuprare, torturare senza dover far i conti con la propria coscienza, proprio perché essa sarebbe ogni volta purificabile, lavata e centrifugata da un nuovo modello di lavatrice psicologica, ennesimo esempio di confessione e assoluzione laica.

Si tratterebbe del primo farmaco costruito per debellare non piú un morbo, un virus, un batterio, ma l'etica umana, ovvero la nostra stessa ragione sociale.

La valenza metaforica è grande: eppure, la notizia non è in antagonismo con quanto culturalmente in buona parte condiviso, ovvero con l'idea che il dolore debba essere emendabile. L'icona contemplata da parte dell'umanità occidentale è il mito della perfezione, l'ossessione dell'impeccabile: il corpo e la mente devono soggiacere alla valutazione non tanto di ciò che è importante o funziona, ma di ciò che piace; e ciò che piace dev'essere indiscutibilmente privo di dubbi, nei o imperfezioni.

È il trionfo del verosimile, il meglio del peggio del falso. La natura dell'uomo è limitata di per sé, l'intelligenza umana risiede nell'esercizio del dubbio e il dolore è elemento costitutivo della vita proprio perché lo è il crescere.

Cancellare la dimensione del dolore dalla vita di un adolescente significa dunque portarlo all'irresponsabilità, ma anche indurlo alla piú nefasta onnipotenza.

Eppure una componente rilevante della nostra cultura ha negli ultimi anni cavalcato la chimera della cancellazione del disagio in quanto forma inclusa nell'imperfetto. Questa ossessione della normalità porta a limitare l'espressione stessa delle umane passioni e conduce i sistemi educativi a una catastrofe: lo smantellamento dell'autenticità delle relazioni e delle emozioni.

La fatica necessaria e funzionale alla crescita è ben simboleggiata dalle diverse tappe dell'evoluzione.

Nessuna cosa importante può essere o apparire semplice. Gianni Rodari scriveva in una sua splendida poesia che dobbiamo insegnare ai bambini a fare le cose difficili. Non è la versione aggiornata di un antico sadismo degli adulti nei confronti dei giovani, al contrario vuol dire speranza, severa fiducia in loro e in noi, assunzione della responsabilità a fiancheggiarli in un processo di crescita che costruisca la loro identità, e verifichi la nostra.

Non di rado mi è capitato di vedere, in case in cui abitano dei bambini, gli spigoli dei mobili ricoperti da un'imbottitura di gomma. Il significato è disarmante: si vuole evitare a tutti i costi che il bimbo incontri – dunque conosca – il dolore, e con esso la frustrazione. I genitori di oggi sembrano ossessionati dall'idea di dover azzerare qualsiasi forma di «limite». Come se, invece, proprio l'esperienza del limite (l'ostacolo da superare) non fosse di fondamentale importanza nella maturazione psicologica di un figlio. Come può un bimbo imparare quant'è duro il legno di un mobile se non ci sbatte mai contro? Qualcuno ha imparato ad andare in bicicletta senza essere mai caduto e sbucciato un ginocchio?

Una bella canzone di Pino Daniele dice che, per insegnare a un bambino cos'è la vita, bisogna fargli sentire con la mano la differenza tra l'acqua fredda e quella calda. Sarà banale, ma è vero.

Qualche tempo fa, chiacchieravo di famiglie viste dall'interno con un mio vecchio amico pediatra: tra i genitori che si rivolgevano a noi, quali stili educativi ci risultavano piú frequenti in rapporto alla crescita dei bambini e alla loro salute? e come li rilevavamo? Gli feci l'esempio della febbre.

Prendiamo i comportamenti dei genitori ai primi sintomi di influenza del figlio (magari 36,8 e un po' di mal di testa): nella mia esperienza, piú tachipirina si somministra, piú è evidente come quella madre o quel padre temono che la pur minima sensazione dolorosa incrini il perfetto andamento della quotidianità di un bambino, e dunque quella polverina antipiretica aiuta a esorcizzarla.

Invece l'esperienza della malattia è fondamentale in tutte le fasi di crescita, per almeno due ordini di fattori.

Il primo riguarda la conoscenza del proprio corpo. Per usare una metafora cara a James Hillman, mente lucida della psichiatria contemporanea, nessuno di noi si accorgerebbe di avere un piede se ogni tanto non entrasse un fastidioso sassolino nella scarpa. Quella pietruzza è interpretabile come un sintomo, una «nevrosi», un corpo estraneo, dunque dà fastidio, dunque lo si vorrebbe eliminare: invece è utile, persino indispensabile.

La malattia – con il suo significato metaforico – è fondamentale perché insegna a *riconoscere* il corpo: proprio in quanto è riscaldato dalla febbre esso pulsa, dice di sé, infastidisce, dunque attrae la nostra attenzione. Si comporta esattamente come un narcisista, cioè come «deve» fare un adolescente che cresce anche in proporzione all'attenzione che riceve. Quel dolore, quel fastidio permettono l'esperienza primaria della conoscenza di sé: attraverso la malattia – ovvero l'eccezione alla regola – il bambino riesce a capire dove e come suda, dove e come la pelle s'alliscia o si raggrinza, dove e come reagisce allo stimolo.

Prevenire ossessivamente ogni forma di malattia e di dolore – escludere l'eccezione, ossequiare la regola, divinizzare la norma – significa impedire al bambino di accrescere la confidenza con se stesso, rendendogli cosí piú accidentato e difficoltoso il percorso di costruzione dell'autostima.

Gli effetti di questa «pedagogia debole» sono drammaticamente evidenziati dal fenomeno dei suicidi e tentati suicidi compiuti da studenti bocciati o respinti. Un brutto voto non può rappresentare una «causa» di comportamento suicidario (tutt'al piú un fattore precipitante, la goccia che fa traboccare il vaso), ma esemplifica l'innaturale gracilità con cui un adolescente arriva ad affrontare la prima esperienza di reale frustrazione, devastante proprio perché non preceduta da altre.

La seconda ragione che rende l'esperienza della malattia fondamentale per crescere è che essa contiene il senso della relazione affettiva. Mettiamo che un bimbo abbia mal di gola, che quindi al pomeriggio non possa andare a giocare a pallone con gli amici e sia costretto a rimanere a casa: quel malessere, quell'impedimento creerà l'occasione perché sua madre torni a casa un po' prima del previsto, magari solo per fargli la spremuta d'arancia e raccontargli una storia sdraiata sul lettone vicino a lui.

La malattia si trasforma cosí in relazione affettiva che si trasmuta, a sua volta, in esperienza sensoriale. Quel mal di gola avrà il sapore delle arance rosse, l'odore della pelle della mamma che sta vicino a raccontare. Questa opportunità di sentire rappresenta dunque una delle modalità che fanno crescere la struttura emotiva del bambino e dell'adolescente.

Ma se quel genitore si affretterà a usare subito gli antibiotici o riempirà il bicchiere con acqua e antipiretico, la relazione perderà sapori e odori e quell'occasione di crescita fallirà, sensorialmente deprivata.

I motivi che dovrebbero distogliere i genitori dall'eccessiva tutela nei confronti dei figli vanno oltre.

Spesso ai genitori sembra di non avere competenze educative. Ad esempio, non riflettono mai abbastanza sull'effetto devastante del rendere evidente una preoccupazione eccessiva, ovvero del comunicare ansia a chi dovrebbe essere protetto: ciò induce una perdurante insicurezza in chi sta crescendo.

Piú angoli smussati, piú antipiretico, piú biciclette con le ruotine laterali: piú dimostrazione di disistima da parte di chi invece dovrebbe educare e piú terrore di sbagliare in chi deve imparare a vivere.

Ancora. Si tende a infarcire la vita dei figli con comodità di ogni tipo.

Una signora viene a parlare di sua figlia, che chiama in continuazione «la mia bambina»; mi viene spontaneo chiedergliene l'età, «mi fa ventiquattro anni ad aprile...» risponde la madre con l'espressione di chi si sente padrona perfino del compleanno della sua creatura (l'amor latino di cui ho parlato in precedenza). Non c'è da stupirsi che il problema di questa donna adulta fosse il non riuscire in alcun modo a fidarsi mai, in nulla, di una giovane donna.

Questa generazione di genitori ha figli che faticano a svincolarsi dalla comodità di dipendere: gli uni e gli altri non riescono a considerare funzionalmente limitato nel tempo il ruolo di genitore «attivo».

È pur vero che oggi una serie di fattori esterni rende i processi di autonomia piú complessi e lenti. Si pensi, ad esempio, alla difficoltà di reperire case a prezzi abbordabili, al mercato del lavoro e alla precarietà a esso correlata, alla diffusione sul territorio delle agenzie educative che non rende piú necessario l'allontanamento da casa. Mi piacerebbe che qualche parlamentare proponesse una legge che vietasse a uno studente di frequentare un'università a meno di qualche centinaia di chilometri dalla famiglia, in modo da facilitarne lo svincolo.

Se per educare è fondamentale dare l'esempio, per riuscirci occorre essere autentici, cioè vivere e sentire secondo la propria interiorità. Molti genitori sono però talmente ossessionati dall'idea di proteggere i figli, da nascondere persino il proprio modo di reagire, inibendone le espressioni piú spontanee. E ciò è facilitato dalla cultura della «normalizzazione» delle emozioni o del loro contenimento.

In un piccolo paese lombardo, a margine di un incontro pubblico, una madre mi racconta che qualche settimana prima era stata urgentemente convocata dalle maestre della figlia, molto preoccupate per il brusco cambiamento comportamentale della piccola: «Abbiamo cercato di capire cos'è successo, e, dopo varie insistenze, la bambina ci ha detto che lei in questo periodo piange molto, ma è vero?» «Certo, è mancata mia madre e per me è stato come mi fosse caduto il mondo addosso... mi capita di piangere molto spesso...» aveva risposto la signora. «Sí, va bene... ma cerchi di controllarsi un poco, non si faccia vedere cosí da sua figlia, rischia di spaventarla...» era stato il consiglio delle insegnanti.

Dunque, per una certa tradizione educativa, le emozioni rappresentano un materiale pericoloso, scivoloso: occorrerebbe controllarle, gestirle in nome di una «normalità» comportamentale che dovrebbe tranquillizzare i figli. Come non capire, invece, che un adulto è credibile – dunque rassicurante – proprio nella misura in cui riesce a essere autentico in ogni espressione emotiva?

Chissà per quanti minuti, e dove, è lecito piangere la perdita della propria madre, secondo quelle insegnanti.

Se un bambino vede che la mamma non riesce a controllare le lacrime – ma è anche capace di spiegare con chiarezza ciò che le sta accadendo, altrimenti si tratterebbe di una comunicazione di pura angoscia – impara che è lecito esprimersi, che non ci si deve vergognare di ciò che si prova. E quella mamma trasmetterà fiducia nel figlio, dimostrandogli di ritenerlo capace di capire proprio ciò che non è facile spiegare.

Al contrario, un adulto che trattiene l'espressione del proprio dolore tenderà a controllare qualsiasi altra espressione emotiva, compresa la gioia o la spensieratezza: semplicemente avrà paura di esprimersi e preferirà rifugiarsi in un piú confortevole e facile formalismo emozionale.

Una delle domande piú imbarazzanti che mi capita di rivolgere a un adolescente è «raccontami l'ultima volta che hai visto tuo padre e tua madre darsi un bel bacio appassionato». Risposta piú frequente: «Non ricordo bene, comunque sono passati molti anni...»

Imparare a controllare le emozioni significa inoltre, lungo lo scorrere della vita, pensare che si possa prescindere da esse, soprattutto dalle piú forti.

Ovvero compiere scelte che privilegino altre priorità.

Ci sono genitori che s'illudono di riuscire a non influire affatto sulla struttura emotiva dei figli e genitori che pensano di poterla determinare totalmente.

L'educazione emotiva non ha a che fare con la genetica: i disturbi psichici, cosí come la struttura di personalità, non sono patologie ereditarie – non vi è stata mai una prova scientifica seria che siano inscritti nel Dna – ma sono comunicabili. Cioè influenzabili dal contesto familiare in cui un individuo nasce e cresce.

Il tratto ansioso di una madre, ad esempio, non si trasferisce ai figli attraverso il patrimonio genetico – infatti i fratelli non hanno mai identiche caratteristiche psicologiche – ma ne influenza la crescita inducendo una tipica modalità «familiare», riconoscibile dal modo sia di affrontare gli eventi della vita (in questo caso, «ansioso»), sia di costruire relazioni affettive. Per continuare nell'esempio, una persona ansiosa o ipocondriaca insegnerà al figlio a essere egocentrico, a pensare a sé, in quanto questo è ciò che accade a una persona che manifesta tali sintomi (non si trasmettono infatti i sintomi di un disagio, ma la particolare modalità attraverso la quale quel disagio può manifestarsi).

Aver coscienza del proprio mondo emotivo e del significato di manifestarlo a chi sta imparando a vivere significa dunque essere educatori piú consapevoli e maturi, quindi allevare figli piú forti e meno ricattabili.

Lo studio della vita di un grande maestro può essere di aiuto, in quanto permette di trasformare alcuni contenuti metaforici di quell'esistenza in istruzioni per l'uso della nostra quotidianità, soprattutto per quanto riguarda gli aspetti educativi.

Glenn Gould è stato uno dei piú straordinari ed eccentrici interpreti di musiche per organo e pianoforte, compositore anch'egli. È morto a cinquant'anni, nel 1982. Su di lui, le sue manie e i suoi riti bizzarri si narrano leggende che ne hanno arricchito fama e gloria.

Si accosta alla musica ancora bambino, tra i tre e i quattro anni: sua madre, pianista, gli insegna a leggere gli spartiti quando nemmeno sa scrivere, a quindici anni già si esibisce come solista con la Toronto Symphony Orchestra. Non sono molte le notizie di sé che ha appuntato e di interviste ne ha rilasciate ben poche, anche per questo su Glenn Gould il reale s'intreccia con il mito.

Si narra che abbia iniziato a suonare sull'organo di una chiesa del quartiere dove abitava a Toronto e che una mattina proprio in quella chiesa sia entrato, casualmente, un notissimo impresario musicale americano.

Ascoltando quelle note e riconoscendo una vocazione assoluta in chi le suona, questo signore chiede di parlare alla madre del piccolo prodigio. Glenn, nascosto nei pressi, non perde una parola del colloquio.

L'impresario dice che il bambino possiede un talento raro, che è pronto a occuparsi di lui e dei suoi studi, assicura alla signora che il bambino diventerà un assoluto fuoriclasse in fama e ricchezza.

«Niente affatto», risponde la madre, «non voglio che mio figlio diventi un *enfant prodige*, un fenomeno da baraccone. Glenn deve restare ancora con me qui... voglio che passi ancora del tempo a sbagliare...»

Se davvero cosí sembra siano andate le cose, quel bambino è diventato uno dei piú famosi pianisti del mondo anche perché aveva dietro di sé una madre che non aspettava il momento di celebrarlo e celebrarsi: sapeva bene, o comunque intuiva, che il talento va rafforzato con il dolore (gli errori) e la forza di riuscire a superare i propri limiti. Perché – questo è il punto fondamentale – ciascuno di noi ha il diritto di pensare che la vita è una lunga strada, dove si può e si deve poter tentare, sbagliare e riprovarci ancora.

Solo in questo modo si rafforza la stima in noi stessi e la capacità – sublime attributo che la psicologia chiama meccanismo di *coping* – di «far fronte» agli eventi buoni o cattivi che la vita ci regala.

Non credo che avrei mai il coraggio di andar per mare a bordo di una barca capitanata da chi non abbia conosciuto le tempeste, possibilmente molte e terribili. Invece il mio amico Mauro Pelaschier gli oceani del pianeta li ha attraversati tutti, su ogni tipo d'imbarcazione e in ogni condizione: con lui mi sentirei al sicuro, come con tutti quelli che rispettano e temono la natura.

Cerco di spiegarmi meglio usando, come spunto di riflessione, il significato di alcuni verbi e sostantivi.

Si prenda, ad esempio, la parola «perito». Un etimo possibile può essere tratto dal participio passato del verbo latino *periri*, ovvero «provare», che si trova nel composto *experiri*, «fare esperienza»; per questo si usa dire che il «perito» è persona che ha accumulato esperienza.

Quella parola, tuttavia, potrebbe essere anche interpretata come participio passato del verbo latino *perire*, composto da *per* («oltre») e *ire* («andare»), ovvero «morire di morte non naturale, andar distrutto, perduto».

Dunque si potrebbe concludere – utilizzando entrambi i significati per ottenere un senso ancor piú metaforico della parola – che per essere esperti occorre perdersi, per acquisire esperienza e capacità occorre andare oltre i propri limiti, provare e rischiare anche di naufragare.

Analogamente, il verbo *errare* può assumere il doppio significato di «commettere errori» e «vagare senza meta»: potremmo dunque azzardare che per veleggiare nella vita (e non sempre si può pretendere di possedere una meta chiara) occorre assumere l'onere e il coraggio di sbagliare. Potremmo anzi dire che, senza mettersi nella condizione di commettere errori, non si può realmente vivere.

Ho riletto *George Gray*, di Edgar Lee Masters, dall'*Antologia di Spoon River*.

Molte volte ho studiato
la lapide che mi hanno scolpito:
una barca con vele ammainate, in un porto.
In realtà non è
questa la mia destinazione
ma la mia vita.

Perché l'amore mi si offrí e io mi ritrassi dal suo inganno;
il dolore bussò alla mia porta, e io ne ebbi paura;
l'ambizione mi chiamò, ma io temetti gli imprevisti.
Malgrado tutto avevo fame di un significato nella vita.
E adesso so che bisogna alzare le vele
e prendere i venti del destino,
dovunque spingano la barca.
Dare un senso alla vita può condurre a follia
ma una vita senza senso è la tortura
dell'inquietudine e del vano desiderio –
è una barca che anela al mare eppure lo teme.

L'educare possibile

L'idea di far fare ai bambini e agli adolescenti cose difficili, di metterli nelle condizioni di sbagliare e di riprovarci implica il coraggio di credere nelle loro potenzialità: ecco perché è un'idea poco popolare tra gli educatori. Con qualche lodevole eccezione.

Maria Montessori è stata pioniera anche in questo. Ha avuto il coraggio di affermare che ogni bambino possiede un proprio talento (che è cosa diversa dalla genialità: il primo s'accompagna alla consapevolezza, la seconda è un frutto del tutto misterioso e involontario, quindi inconsapevole). Tutti dunque possiedono un talento, non solo i primi della classe ma anche quelli su cui nessuno scommetterebbe un soldo: è raccapricciante scoprire che molti insegnanti puntano esclusivamente sui «bravi», come se talento e rendimento scolastico fossero sinonimi.

Chi ama il jazz ne ricorda certo uno straordinario interprete: Michel Petrucciani. Non era nato fortunato: il corpo era un groviglio di muscoli, nervi e ossa, gli organi vitali compressi, come usciti da una centrifuga, non da un utero. A stento il fiato per parlare, a grande fatica saliva sullo sgabello per arrivare alla tastiera.

Eppure, contro ogni evidenza, qualcuno – un maestro nel piú nobile senso del termine – deve avere pensato che anche quel bambino deforme poteva nascondere dentro di sé un talento e forse, intuendo proprio questo, lo ha fatto sedere di fronte a un pianoforte, semplicemente aspettando.

Proprio quel dolore ha dato a Michel la forza di «andare oltre», di stupire se stesso prima degli altri.

Quel maestro ha permesso a Petrucciani di rendere straordinaria la sua vita breve, a noi di godere per sempre della sensibilità raffinata di un uomo contenuta in un involucro disgraziato e incongruo.

Quest'idea di educare è entrata con la furia di una tempesta anche nella vita di un altro leggendario artista: Ray Charles, «the Genius».

Un recente bel film di Taylor Hackford – *Ray*, appunto – ha messo in luce un aspetto della sua biografia che mi è sembrato fondamentale.

Il piccolo Ray, che ha appena perso tragicamente il fratellino, soffre per un'infezione agli occhi che lo porterà rapidamente alla cecità. La madre, sola, analfabeta e poverissima, non ha strumenti per far sí che il figlio non si perda, ma solo una possibilità: farlo crescere piú forte possibile. Un obiettivo quasi disperato per un bimbo povero, cieco e nero nello Stato piú razzista degli Usa.

Una sequenza del film ritrae il piccolo Ray mentre entra in casa: l'infezione gli ha già quasi completamente oscurato la vista, ormai vede solo ombre sfuocate. La madre lo sente entrare, l'osserva strusciare lungo le pareti, procedere a tentoni piangendo e implorando aiuto: lei si nasconde serrando in gola il suo terribile sconforto.

Ray sbatte contro un mobile, inciampa in uno scalino: la madre trattiene disperatamente le lacrime, ancora in silenzio. Sente che l'unico modo per salvare il figlio è far sí che nel tempo piú breve possibile egli possa costruire i propri anticorpi psicologici per sovvertire il piú cinico e scontato dei destini. «Ricordati: tu non sei un disgraziato», continua a ripetergli.

Ray Charles è diventato colui che abbiamo ascoltato, conosciuto e amato proprio grazie a una donna senza cultura né denaro, ma con un talento insuperabile di educatrice.

In alcuni miei libri precedenti (*Non siamo capaci di ascoltarli* e soprattutto *Noi, voi*) ho indicato l'autostima, l'autonomia e la creatività come i pilastri fondamentali di ogni progetto educativo. Spesso si ritiene che le si apprende nel corso dell'esistenza: è vero solo in parte.

Per spiegarmi vorrei prendere a prestito – e reinterpretarlo a modo mio – un esempio citato da Donald Woods Winnicott, pediatra e psicoanalista inglese pioniere del pensiero che ha rivoluzionato lo studio del rapporto madre-bambino.

Immaginiamo di essere seduti in un salotto dove arriva velocissimo un bambino che da qualche settimana ha imparato a gattonare: conquista in un battibaleno il centro della stanza e comincia a guardarsi attorno. È improvvisamente colpito da un meraviglioso bicchiere di porcellana rossa appoggiato su un tavolo non lontano. Lo fissa. E che fa? Decide di andare a prenderlo!

Dirigendosi senza incertezze verso quel bicchiere, dimostra di godere di una prima grazia naturale – l'autostima – ed esprime come a muoverlo sia un'emozione di piacere. In altre parole, in quel bambino si può riconoscere una sorta di «tropismo psicologico» (in biologia, per tropismo s'intende una risposta a uno stimolo esterno che determina il movimento dell'organismo verso una particolare direzione, come capita ad esempio ai salmoni che dall'oceano si dirigono, appunto per tropismo, verso i ruscelli scozzesi dove deporre le uova). E tale meccanismo lo porta a soddisfare le proprie esigenze emotive.

Non è un percorso scontato, se si pensa a quante volte nella vita si compiano scelte davvero basate sulla semplice necessità di soddisfare le proprie emozioni. Quante volte, in amore ad esempio, si tende invece a «far piacere» all'altro (su qualche testata di letto matrimoniale, ai tempi delle nostre nonne, avevano inciso: «Non lo faccio per piacer mio, ma per render grazie a Dio»), piuttosto che rispettare anche le proprie esigenze?

La seconda azione che quel bimbo compie è appunto l'andare verso ciò che gli piace. Ed ecco emergere un'altra grazia: l'autonomia. Egli infatti fa istintivamente riferimento a se stesso, inconsapevolmente intuisce di avere dentro di sé le risorse necessarie a soddisfare il proprio progetto, non le cerca fuori di sé.

Anche questo potrebbe sembrare scontato, ma non lo è: quanti adulti non fanno che cercare nell'altro una conferma alle proprie decisioni? quanti dipendono dal giudizio altrui e lo temono? quanti diffidano di ciò che suggerisce loro il proprio istinto e prendono in considerazione quasi soltanto ciò che pensano gli altri?

Quando poi il bambino, avvicinatosi finalmente al tavolo, capisce che il magnifico bicchiere è collocato troppo in alto per lui... che cosa fa? Inventa qualcosa ancor piú stupefacente di ciò che ha fatto finora, mette in atto una risorsa fino ad allora a lui sconosciuta, compie uno sforzo sovraumano: si alza in piedi!

La terza grazia: la creatività, cioè l'arte di sapere che, quando te la vedi brutta nella vita, non hai solo una soluzione possibile, ma due, tre, forse anche quattro per provare a salvarti la pelle.

Il piccolo sa bene che non appena si alzerà, cascherà, ma ci prova comunque. Infatti si alza, cade e si rialza, per cadere di nuovo. Facile e scontato perfino questo? Già molto meno, se si pensa con sincerità alla propria esperienza di adulti.

Quel bambino dunque dimostra come già all'origine l'essere umano possiede gli strumenti fondamentali per crescere psicologicamente forte. È proprio la natura che lo prevede: infatti, quando incontriamo una persona che ci colpisce positivamente diciamo che è un tipo «originale», che assomiglia cioè a quando è nato, ovvero che ancora non è guastato da una pessima educazione.

Cosa fa infatti il cattivo educatore? Prende quel bicchiere e glielo porge, magari dicendogli: «Tesoro mio, non c'è nessun bisogno che fai tutti questi sforzi, non è necessario cadere e rialzarsi ogni volta, ci sono qui io e ti posso aiutare... io ti voglio bene...»

Un gesto cosí l'abbiamo chiamato spesso «amore», invece è un tranello. Se quel bambino potesse chiedere a quel genitore apparentemente cosí buono e comprensivo: «Grazie, ma il tuo aiuto è gratuito? O devo pagare un prezzo per la tua generosità?», l'adulto dovrebbe rispondere, se fosse sincero: «Be', proprio gratuito no, ci sarebbe un piccolo obolo da versare, che tuttavia puoi anche dilazionare lungo tutto l'arco della tua esistenza: devi dipendere da me. Io ti facilito la vita, tu non devi fare sforzi o affrontare inutili pericoli a patto che tu mi riconosca il ruolo di salvatore. In qualsiasi cosa d'ora in poi ti voglia cimentare, dovrai chiedere il mio aiuto o il mio consenso o il mio giudizio...»

Provate ora a immaginare quel bambino cinquant'anni dopo: magari è diventato un bravo commercialista o ha percorso un'onesta carriera di insegnante. Poniamo il caso che abbia ancora in vita la mamma, ormai oltre la settantina. Ci sarebbe da scommettere che l'anziana signora ripeterebbe la stessa telefonata fatta per decenni: «... hai visto che tempo fa oggi? Guarda che piove, ti sei ricordato di metterti l'impermeabile? Copriti bene che fa freddo...» Penserebbe di avere, certo, un figlio ormai piú che maturo, ben avviato professionalmente, ma un uomo che dev'essere ancora controllato, guidato come un bambino perché altrimenti, se lasciato in balía di se stesso, chissà cosa sarebbe capace di combinare. «... ah, se non ci fossi stata io, quante broncopolmoniti si sarebbe preso...» penserà tra sé e sé l'anziana mamma, orgogliosa del proprio ruolo salvifico.

Di persone dipendenti dall'altro, cresciute nel timore di sbagliare è disseminato il pianeta. Hanno trascorso l'esistenza nel gregge, mai un pensiero originale, mai un giudizio proprio. Quadrupedi, non già bipedi; non persone allevate all'idea di dover essere orgogliosi di stare al mondo, alla consapevolezza che ci vuole coraggio a difendere ciò che si pensa anche, e soprattutto, a costo di essere contro la volontà altrui. Coraggio e abnegazione: doti con cui un genitore può provare a educare i figli, a patto che riesca a rimanere ai margini di quel processo. Dimostrerebbe di possedere, in questo modo, la dote sovrana dell'educatore: l'esserci senza esserci, presenza senza invasione.

A questo punto un dubbio può affiorare: se il gesto di porgere l'ambito bicchiere rosso al piccolo deciso e gioioso esploratore gattonante è cosí facilmente identificabile come «nocivo» per la sua futura esistenza, perché rappresenta uno degli atteggiamenti piú comuni tra i genitori?

I motivi possono essere diversi, ne accenno due.

Uno è il ruolo che la dipendenza conferisce a chi la induce, ovvero al genitore. È infatti evidente che il rafforzamento del ruolo salvifico permette di riempire un vuoto di senso che spesso padri e madri percepiscono oggi piú che mai, dal momento che il compito di tutela primaria (procurare un tetto, cibo, vestiti, istruzione ecc.) è assicurato dal benessere economico e da agenzie extra-familiari. Rimanendo dunque di competenza fondamentalmente genitoriale soprattutto il ruolo educativo, l'induzione di una dipendenza emotiva si è diffusa e praticata nelle famiglie proprio in quanto deresponsabilizzante.

Una seconda spiegazione potrebbe derivare da ciò cui la somma dei tre elementi fondamentali descritti – autostima piú autonomia piú creatività – può portare: la crescita di una persona fondamentalmente libera. E non è affatto provato che sia la libertà quello che la maggioranza degli adulti desidera per i propri figli.

Infatti è difficile che un padre che possieda, ad esempio, un avviato gabinetto dentistico o un noto studio notarile rinunci all'idea che il proprio figlio o figlia lo ereditino, e difenda invece la loro libertà di seguire una propria passione.

Ancor oggi una parte dei genitori è indotta a ritenere

che la soddisfazione delle ambizioni dei figli non possa né debba essere alla base della loro scelta di vita, ma che le economie domestiche e il prestigio sociale della famiglia abbiano a contare, in definitiva, molto di piú.

Fredda serata d'inverno, splendida enoteca a Pietrasanta: lungo salone illuminato soltanto da candele, pareti imbottite di centinaia di bottiglie, pavimenti di vecchie marmette a disegni geometrici conservano al locale un'atmosfera semplice, intensa identità familiare.

Ceno con Zucchero Fornaciari e altri amici musicisti nell'ultima stanza in fondo: la vecchia cucina dove un cuoco sapiente arrostisce bistecche e salsicce sulla griglia di un camino di pietra serena.

Brace odorosa, carne al sangue, qualche bottiglia di vino rosso corposo: l'ideale per scaldarsi parlando di musica. Si discute se creatività e talento siano grazie naturali o se possano essere acquisite dall'esperienza e rafforzate dall'educazione magistrale.

Zucchero mi racconta i suoi inizi in piccole orchestre nei locali della Versilia: amori e musica stemperati all'alba, sogni e illusioni da giovani artisti generosi. Poi aggiunge: «Una sera mi capita d'incontrare un signore di un'importante casa discografica, ascolta suonare il mio gruppo e poi mi chiede di lavorare per lui. Mi offre un contratto, ma non per un long-playing e basta: per cinque. Sapeva che il mio primo disco sarebbe stato scadente e forse anche il secondo, ma sapeva anche che, se davvero avessi avuto talento, prima o poi sarebbe venuto fuori… e mi dava il tempo necessario perché facessi emergere ciò che avevo dentro...»

Oggi sembra siano rari i manager dotati di fiducia e coraggio, capaci di credere e puntare su un giovane artista: «Oggi o funzioni subito o niente, sei morto, non interessi piú a nessuno, sei definitivamente fuori dal mercato», conclude Zucchero con lo sguardo velato da un'amara ironia.

Dove sono finiti i maestri, i talent-scout in grado di identificare nella massa la persona che ha qualcosa da dire? È come se non ci fosse piú chi è in grado di costruire un piccolo progetto per un giovane artista, aprendogli una strada, sapendo aspettare che quel bocciolo si apra e profumi.

Sembra che non vi sia tempo per i giovani, e i giovani non sempre hanno o trovano la grinta per riprovare.

I cataloghi degli editori sono pieni di meteore: pubblicare un buon romanzo, magari di successo, e poi scomparire può fare molto male soprattutto se l'identità dell'autore è ancora giovane e incompiuta. Il vero maestro è colui che riesce a far volare scoprendo le qualità del discepolo, ma deve essere anche capace di farlo atterrare morbidamente, in attesa di un nuovo slancio. Deve insegnare a non temere i trampolini di lancio, ma nemmeno a sottovalutare l'importanza di un buon paracadute.

Si parla tanto di eclisse della creatività, di scomparsa dei talenti, molto meno delle disabilità degli adulti a credere nei giovani e nelle loro capacità, a sfidarle.

La creatività mi sta molto a cuore, non solo per questioni familiari (ho passato l'infanzia nell'odore di acquaragia, abbagliato dai colori dei miei nonni pittori), ma soprattutto perché essa porta direttamente alla sensibilità, ovvero avvicina alla qualità superiore dell'uomo.

Il massimo della creatività comporta un'inibizione della normalità, intesa come rigidità del pensiero: il creativo è mentalmente flessibile, dunque psicologicamente labile.

Qualche anno fa sono stato invitato a un'edizione del festival di San Remo; in quell'occasione ricordo di aver affermato esattamente ciò che ho appena esposto a un settimanale di musica. Mi sembrava di aver detto cose scontate, invece ho suscitato, non volendolo, un putiferio: nessuno in quell'ambiente artistico pareva in grado di ammettere di essere psicologicamente fragile, appunto labile. Nemmeno i musicisti sembravano capire che non si tratta di un difetto ma di un pregio, quasi che anche loro si fossero fatti incantare dal mito della normalità, del piú pedante ossequio alla funzionalità sociale.

La creatività porta alla sensibilità (e viceversa): essa funziona come un palloncino che piú si gonfia (di talento) e si dilata, piú aumenta la propria superficie di contatto con la realtà meno appariscente del mondo, ovvero l'inquietudine e il dolore i quali s'infrangono nell'anima dell'artista rendendola porosa alla fragilità.

Per questi motivi il creativo ha un'enorme capacità di rapporto empatico con ciò che lo circonda. Non ho mai conosciuto la vita di un grande artista – e sfido chiunque a studiarne le biografie da questa angolatura – senza trovarvi matasse complesse, appassionate, arrovellate da una conoscenza diretta del dolore: la semplice e fatua solarità non può produrre nulla di creativamente rilevante, semmai porta a replicare ciò che è stato già inventato ma non scopre il nuovo, perché questa operazione chiede molto a se stessi.

Ecco perché tra creatività e dimensione del dolore c'è un nesso che si chiama sensibilità, ed ecco anche una possibile spiegazione del perché tante persone la temano e la vivano come un pericolo.

«Mi sono accorta che mio figlio sta crescendo sensibile, troppo sensibile, me lo dicono anche gli insegnanti... e se dovesse soffrirne, quando diventerà grande?», mi dicono spesso dei genitori.

Chissà dove la fantasia li sta conducendo, chissà come vorrebbero i loro figli per affrontare bene l'esistenza: cinici, indifferenti, insensibili? E ciò li porterebbe a non soffrire? Certo li porterebbe a non gioire, a non conoscere alcun travaglio emotivo, ma soltanto ad astenersene: significherebbe educarli all'anestesia. Perché la vita sognata da molti genitori per i loro figli dev'essere un'autostrada senza curve, senza dossi, senza salite? Perché si vuole prescrivere un'esistenza in cui non ci si accorga di nulla, in cui sia preferibile far finta di niente? Il dolore, la sensibilità – che non vuol dire apprensione – sono per molti sinonimi d'intralcio, aggravano la vita che si vorrebbe come un *prêt-à-porter* a buon prezzo, qualcosa che non deve essere scelto ma solo indossato, senza chiedere troppo.

Uno dei modi piú antichi e subdoli per inibire e controllare il senso di autostima nei bambini e nei giovani – quindi la forza di crescere – consiste nell'iniettare loro sotto cute l'idea di accettare i propri limiti: una vera e propria ossessione per i nostri metodi educativi, una mortifera antitesi alla pedagogia della libertà.

L'esperienza mi indica la via opposta: a non aver limiti. Mi rendo conto di non essermeli mai imposti: non per onnipotenza narcisistica, piuttosto per ottimismo, per un personale senso di speranza.

I limiti vengono dalla realtà e pensare solo realisticamente, sovente, è segno di mancanza d'ambizione e di fantasia.

Credo piuttosto negli squilibri moderati dell'uomo, nei suoi percorsi sragionevoli.

L'antitesi equilibrato/non equilibrato mi sembra priva di significato: a volte anche l'equilibrio può diventare un limite. La visione ragionieristica della vita – quella contenuta e tratteggiata da una continua giustapposizione di categorie e loro correzioni – non mi interessa, la trovo ristretta, asfittica, segnale di ossessioni nascoste o irrisolte.

Una volta le nonne intimavano ai nipoti «prima o poi dovrai mettere la testa a posto!», ma qual è il posto giusto, quello dove la testa dovrebbe stare?

Sarebbe come educare i figli all'idea che chi ama debba porre dei limiti al proprio affetto: ma chi ama non calcola il desiderio, non conta i baci, non misura gli abbracci. Perché cerca l'altro, non se stesso nell'altro: amare non è ricerca di somiglianze ma di diversità, non necessità d'uguaglianze ansiolitiche ma bisogno di mirabolanti discrasie.

Chi ama, ama. Scrive Erich Fried, grande poeta austriaco.

«È assurdo
dice la ragione
È quel che è
dice l'amore

È infelicità
dice il calcolo
Non è altro che dolore
dice la paura
è vano
dice il giudizio
È quel che è dice l'amore

È ridicolo
dice l'orgoglio
è avventato
dice la prudenza
è impossibile
dice l'esperienza
è quel che è
dice l'amore...»

Chi ha paura delle emozioni – proprio perché, per definizione, contraddittorie e improvvise – vive veramente? O ciò rappresenta l'antitesi della vita?

Scellerato è colui che agisce senza conoscere i propri limiti, ragionevole chi, verificandoli, vuol capire come superarli.

L'idea del limite – e la sua intrinseca, purtroppo persuasiva, forza pedagogica – nasce per controllare le persone, per costringerle a crescere all'interno di uno steccato, a vivere mortificandosi: costituisce la via pedagogica alla frustrazione, un progressivo annientamento di aspettative e delle piú elementari ambizioni esistenziali.

Le regole sono evidentemente fondamentali. Vale in senso assoluto il rispetto per e degli altri, ma non riguarda sempre e necessariamente il rispetto nei confronti di se stessi: se esso, infatti, diviene sinonimo del non osare mai, come si fa a sapere cosa si è veramente in grado di fare, quindi chi si è veramente? Chi e che cosa si sta dunque rispettando?

Una ragionevolezza cosí intesa può essere castrante: rischia di tarpare le ali, impedisce di volare verso una vita piena.

Se è dunque necessario insegnare il rispetto del limite sociale (regole etiche che segnano l'appartenenza a una comunità e ostacolano gli arbitrii), trovo invece manipolatorio, quindi autoritario, fondare l'intera educazione individuale, l'intera preparazione all'esistenza sull'idea di limite.

Essa non può aiutare l'adolescente a costruire la propria identità: al contrario, facilita la sua ricerca su ciò che può trovare qui e ora, rinunciando per sempre al coraggio di osare altrove.

Un limite fondamentale che Bernard Bensaïd, medico e psicoanalista francese, mi ha voluto spiegare, alcuni anni fa, con una storiella metaforica.

È notte. Un signore, rincasando, vede un uomo cercare qualcosa sul marciapiede alla luce di un lampione. «Cos'ha perduto?» chiede rallentando il passo. «Le mie chiavi di casa», risponde l'altro. Allora si ferma ad aiutare lo sfortunato; passa un po' di tempo, ma le chiavi purtroppo non si trovano. A quel punto chiede: «Ma è proprio sicuro di averle perse qui?» «Veramente no, ma qui c'è la luce», risponde l'uomo.

Dunque non è mai il pozzo a essere troppo profondo, ma la corda a non essere abbastanza lunga.

Mi capita spesso d'incontrare genitori che temono il confronto con i figli. Come se un contrasto, una sana litigata potesse compromettere chissà quale equilibrio mentale.

Ma un ragazzo cresciuto con tutti «sí» non conosce la frustrazione né il significato positivo del confrontarsi, ritiene l'altro un concorrente e mai una risorsa fondamentale per la propria crescita.

Forse, si tratta anche di effetti a lungo termine della passività indotta dalla televisione e piú di recente dalle tecnologie virtuali, che hanno sí arricchito le capacità cognitive dei fruitori – memoria, velocità del pensiero, attenzione – ma parallelamente atrofizzato quelle relazionali e affettive.

Un ragazzo cresciuto davanti a uno schermo è portato a temere qualsiasi relazione diretta, in quanto foriera di confronti e possibili frustrazioni.

Televisori e altri piú recenti strumenti di comunicazione sono tipi di elettrodomestici: perché allora non accenderli solo quando ci occorrono e spegnerli quando non servono piú? Chi lascerebbe aperto per ore il frigorifero?

Che differenza c'è tra un telefonino e un citofono, a parte il fatto che il cellulare si porta con sé? Eppure nessun ragazzo personalizzerebbe un citofono con colori e piccoli oggetti amorosi come fa col telefonino: evidentemente il rapporto con questo strumento è diventato cosí intimo perché è la sostituzione virtuale della comunicazione faccia a faccia, è diventato il corrispettivo della sua intimità.

Il problema dunque non è criticare la comunicazione virtuale, che comunque esiste, quanto segnalare ciò che ne favorisce il dilagare, ovvero il vuoto da cui si alimenta.

Pur cresciuto in una famiglia laica, ho trascorso parte della mia adolescenza dai preti, precisamente presso l'Antonianum di Padova.

La mia frequentazione era facilitata dalla vicinanza a casa di quella parrocchia e dalla presenza di campi per giocare a pallone, pallacanestro, rugby. Tra quei boschetti e quei prati potevo, in assoluta sicurezza, correre in bicicletta e giocare con gli amici. C'erano anche i gesuiti, naturalmente, con le loro scuole di catechismo, i riti, le messe; ma c'erano anche i fili di liquirizia e la cioccolata calda, il cineforum alla domenica pomeriggio, le gite e i soggiorni in montagna d'estate e a Natale.

Insomma l'Antonianum era il luogo dove, non solo per me ma per intere future classi dirigenti, era possibile formarsi: tra i calciatori in erba e i chierichetti c'erano preti e boy-scout, dunque adulti piú o meno giovani con cui generazioni di adolescenti potevano parlare, confrontarsi, trovare risposte, impostare un proprio giudizio sul mondo.

Oggi – non sono passati nemmeno quarant'anni – tutto questo non esiste piú. Il famoso collegio universitario dell'Antonianum, che ha alloggiato migliaia di studenti universitari di tutt'Italia, è stato venduto: al suo posto, mi hanno detto, hanno realizzato una gran quantità di miniappartamenti. Anche il cineforum della domenica è sparito. Tutto finito, alienato per sempre.

Mi chiedo dove vadano oggi i ragazzi di quella città, dove passino il loro tempo fuori di scuola. Semplice, stanno a casa propria, piú precisamente nelle loro camere da letto arredate dai genitori come perfetti loculi tecnologici con tutto il necessario per rimanere totalmente isolati e comunicare solo virtualmente con il mondo esterno. Non è proprio la stessa cosa rispetto al sapore delle liquirizie e dei bomboloni alla crema, al sudore di una partita di pallone, all'eccitazione di una rissa non troppo presto sedata, alla complicità di un segreto detto a un amico all'ombra di un albero.

Da laico potrei sentirmi totalmente disinteressato alla trasformazione dell'Antonianum in miniappartamenti, ma da cittadino cosciente non posso non preoccuparmi per la perdita definitiva di un luogo d'aggregazione giovanile di cosí forte valenza: non è difficile immaginarne gli effetti negativi sulle nuove generazioni anche perché non è stato rimpiazzato da alcun altro luogo urbano. Quei campi da calcio, quei boschetti sono stati sostituiti dalle camere da letto hi-tech.

Eppure gli amministratori delle nostre città non sembrano aver capito – e con loro nemmeno molti cittadini, nemmeno la Chiesa – il grande vuoto che negli ultimi decenni è calato attorno e dentro ai ragazzi. Nessuno sembra essere stato capace di sostituire i luoghi della nostra infanzia con altri spazi piú aperti a tutti. Gratuiti, intelligenti, accoglienti, colti, divertenti: educativi.

Il problema dunque non è ritenere la televisione piú o meno responsabile per ogni danno perpetrato sui giovani, quanto piuttosto offrire alternative reali ai nostri figli. In altre parole, non sono soltanto i programmi di Maria De Filippi e simili a nuocere, ma il fatto che soltanto questi siano gli appuntamenti nel panorama pomeridiano di un adolescente.

La consapevolezza di ciò dovrebbe indurre i cittadini adulti a indignarsi e a creare le condizioni di un cambiamento.

Pur fuori da ogni generica criminalizzazione dei media, non può essere taciuta l'importanza educativa degli strumenti di comunicazione, dunque la responsabilità di chi li crea e di chi li gestisce.

Pensare e mandare in onda un programma significa contribuire alla costruzione della cultura e dei linguaggi delle giovani generazioni, dunque la televisione non può esimersi dall'assolvere un ruolo primario nell'educare.

Tra gli innumerevoli possibili esempi di mancata assunzione di tale responsabilità, vorrei citare quanto è accaduto all'ultimo festival di San Remo.

Per la serata inaugurale di quel programma, la prima rete Rai ha infatti deciso d'invitare come ospite d'eccezione – se lo ricorderanno in molti – niente di meno che Mike Tyson, ex campione del mondo di pugilato con passato di risse, carcerazioni, accuse di stupro: non una leggenda dello sport, soltanto un brutale picchiatore con qualche dente di meno in bocca e un tatuaggio inquietante su una guancia. Una presenza raccapricciante, senza storia né pathos, uno dei tanti ragazzi di strada cresciuti con cuciti addosso l'odio e la voglia di diventare, a tutti i costi, miliardari.

Faticavo a capire il senso di una scelta del genere, operata oltretutto dalla rete ammiraglia della televisione pubblica in un orario di massimo ascolto familiare e in occasione del piú importante evento popolare dell'anno: forse soltanto interessi legati alla pubblicità o alla necessità di stupire un pubblico altrimenti in fuga.

Quasi un italiano su due era davanti al televisore a vedere quel fenomeno da baraccone seduto su un trespolo: la polemica che ne seguí durò lo spazio di un mattino. Probabilmente erano davvero troppo pochi a stupirsi, quella sera.

A volte però le coincidenze aiutano a capire.

La mattina seguente sono invitato dalla Questura di Terni a un seminario sulla violenza che si scatena settimanalmente tra i giovani supporter delle squadre di calcio. Seduti a fianco a me, noti rappresentanti delle Federazione Italiana Gioco Calcio affermano che trovare un arbitro volontario per una partita di un qualsiasi girone dilettanti è diventato quasi impossibile: nessuno è disposto a rischiare la propria incolumità fisica per dirimere una prevedibile e preventivata rissa tra tifosi e calciatori. Né riesco a immaginare quanto si spenda in Italia per assicurare un minimo di tranquillità intorno agli stadi: milioni di euro ogni domenica.

L'evento mediatico di San Remo e la violenza giovanile sono facce di un unico fenomeno, talmente ben costruito da sembrare prodotto dalla mente malata di un occulto quanto surreale regista, con l'obiettivo di diffondere e far perdurare nella cultura della nostra comunità la piú brutale violenza, in barba a qualsiasi principio di tolleranza o appello alla solidarietà.

Se fosse vero, un progetto cosí abietto non avrebbe bisogno di un'organizzazione complicata, sarebbero sufficienti poche e semplici fasi.

Basterebbe promuovere il valore educativo della violenza, inteso come qualità della persona, capacità individuale di emergere, strumento indispensabile di affermazione sociale. Per farlo, occorrerebbe sbandierarne senza pudore un emblema. Ecco infatti che il piú popolare show televisivo dell'anno trova il vessillo perfetto: Mike Tyson, il boxeur galeotto.

Questo il messaggio lanciato ai giovani dal cinico regista dell'orrore, coerentemente con valori in gran parte condivisi: se volete aver successo non occorre cultura, bastano muscoli possenti; non bisogna cercar di diventare miti e civilizzati, ma rimanere selvaggi come i gorilla di montagna nostri antenati.

Qualcuno potrebbe obiettare che un'intervista a Tyson, per quanto veicolata da una trasmissione di enorme impatto, non possa di per sé costituire una significativa induzione dei giovani alla violenza.

Il problema vero è che quell'intervista esprime un clima culturale di complicità con la violenza di cui la televisione è, coscientemente, parte.

Un altro esempio? Basta accenderla il sabato sera alle venti – un orario piú familiare di cosí… – per constatare che una rete di Mediaset manda in onda *Wrestling Smackdown*, ignobile spettacolino acquistato dagli Usa – ovvero il peggio della cultura americana, a metà strada tra cowboy di periferia, immondizia hollywoodiana e clown dilettanti – dove energumeni grossi almeno il doppio del signor Tyson si sfidano in duelli finti fatti di ogni genere di bestialità e di scurrilità. Il tutto condito da un commento – questo made in Italy – che rende il tutto piú accattivante utilizzando il gergo tipico delle trasmissioni d'intrattenimento per giovani: ammiccante e ironico. E non tutti i ragazzi hanno gli strumenti per giocare con quell'ironia.

Ma il progetto del nostro cinico regista occulto non poteva certo finire qui.

Una volta garantita la «base culturale» del proprio consenso, bisogna creare le condizioni perché la violenza insegnata e divulgata possa liberarsi appieno. Ecco dunque che i giovani – ragazzi e anche ragazze, come dalle piú recenti statistiche sulla diffusione di criminalità e bullismo – sono portati a vivere al chiuso, piccoli animali in cattività: camerette insonorizzate, grigi corridoi scolastici, bar fumosi, discoteche assordanti. Niente aria aperta, fantasia, luce, stimoli alla creatività, spazi all'emotività: e quando quest'ultima viene cosí a lungo repressa e compressa, prima o poi dovrà pur scoppiare. E infatti deflagra immancabilmente: ogni sabato notte dopo la discoteca, ogni domenica allo stadio, qualche altra sera davanti all'unico pub del quartiere.

E intanto, dal lunedí al sabato, cosa devono fare gli adolescenti per non deludere il regista? Nulla: annoiarsi, rimbecillirsi passando il proprio tempo a credere di comunicare col mondo via tv o cellulare. Ma possono anche adattarsi ai riti perbenisti voluti dai genitori: piscina, palestra, stare ore su compiti che una scuola inefficiente non riesce a smaltire.

Forse l'obiettivo inconfessato del nostro surreale regista occulto è proprio questo: far crescere un piccolo esercito di giovani sufficientemente violenti pronti per l'uso, distruggere o assecondare quella o quell'altra ideologia, servire umilmente la malavita. Un piccolo esercito di quadrupedi obbedienti, al posto di ragazzi e ragazze che avrebbero potuto respirare il – pericoloso? – profumo della libertà.

Ecco perché intervistano Mike Tyson e non Alda Merini.

Esagerazioni? Trascurabili opinioni personali? Può darsi, eppure da anni sono testimone diretto di quanto ho descritto.

È difficile, infatti, che passi una settimana senza che un giornalista mi chieda di commentare l'ennesima violenza perpetrata da gruppetti di ragazzi e ragazze di qualsiasi strato sociale. Di solito sono cronisti di quotidiani di provincia, zone periferiche assai interessanti e significative per provare a capire questo malridotto e complesso territorio.

Ogni tanto però accade qualcosa che attira anche l'attenzione dei media piú importanti, «il caso» cui tutti, per un attimo, sembrano interessati.

Ha iniziato un gruppo di studenti di uno dei piú prestigiosi licei di Milano, il Parini, subito dopo l'hanno imitato ragazzi di un liceo in Calabria e poi ancora di molte altre realtà.

Si tratta di uno dei tanti episodi di bullismo, da tempo tra le condotte giovanili piú diffuse. Questa volta l'atto vandalico è piú grave del solito: il gruppo entra nella scuola nottetempo spaccando le finestre, apre i rubinetti dei lavabi di un bagno, li blocca in modo che l'acqua possa esondare, poi scappa. Alla riapertura della scuola, l'istituto è inagibile e viene evacuato.

Cosa fa piú scalpore in questa vicenda? l'idea che il bullismo sia arrivato a tanto, o che ne facciano parte studenti di un liceo prestigioso, i figli della buona borghesia, i rampolli del privilegio? tanto vandalismo, cinismo, vigliaccheria son diventati caratteristiche della personalità anche di ragazzi «perbene»? ci siamo forse già scordati di Novi Ligure, di Leno, dei tanti misfatti compiuti in questi ultimi anni proprio da adolescenti «perbene»?

Pier Paolo Pasolini l'aveva pur stigmatizzato, l'indomani del massacro delle ragazze al Circeo. Piú di trent'anni fa. Forse invano.

Fondamentale nel meccanismo mentale che produce comportamenti simili negli adolescenti – che quindi, per definizione, «devono» essere eclatanti – è la certezza della visibilità: ovvero ciò che molti adulti hanno consegnato ai giovani come un valore aggiunto del loro proprio agire, del proprio essere.

Esattamente questo è accaduto anche stavolta: l'inondazione ha permesso a centinaia di migliaia di cittadini di sapere che loro, i piccoli delinquenti del Parini, esistono. Quegli adolescenti sono usciti momentaneamente dall'anonimato: per una volta tanto il liceo, il quartiere, la città, le famiglie, gli amici, i sociologi, i giornalisti, gli psicologi, tutti parlano di loro. Non ci sarebbero riusciti semplicemente studiando molto, passando l'esame di maturità a pieni voti, leggendo con gusto e passione Sofocle o Buzzati.

No, per esserci bisogna esagerare, anche nella banalità, anche nel dimostrare indifferenza verso cose e persone. Non l'hanno pensato solo gli studenti del Parini, chissà quanti altri in giro per l'Italia avranno sognato di farlo: «loro sí che sono dei miti», si saranno detti.

Non si tratta solo dell'effetto perverso di un contagio imitativo, quanto piuttosto dell'agghiacciante condivisione di un punto di vista: quello che fa credere a un adolescente di essere una nullità se non inserisce, nella propria noiosa quotidianità, una chimica in grado di fargli vivere l'attimo della ribalta; non importa come, basta che sia facile e alla portata di chiunque. Non occorre merito, intelligenza, talento: basta rompere il vetro di una finestra della propria scuola e il tuo titolo in prima pagina non te lo toglie nessuno. Oltretutto, le conseguenze disciplinari non sono nemmeno cosí drammatiche: inondata la scuola, subita una blanda reprimenda di genitori, gli insegnanti avevano dapprima proposto una sospensione da scuola di quindici giorni (agghiacciante: l'agenzia che dovrebbe essere chiamata a educare è la prima ad abdicare proprio nel momento in cui ve ne sarebbe piú bisogno!) poi però li hanno tutti promossi, mentre il tribunale dei minori opta per una messa alla prova per qualche mese. Stemperata la breve paura, quei ragazzi torneranno nel gregge, si confonderanno nella massa fino alla prossima bravata, alla prossima chimica.

A qualcuno tra coloro che hanno seguito sui quotidiani la vicenda, non sarà sfuggito che in quel gruppo di studenti vi erano anche delle ragazze.

Quando, anni fa, cercavo di dire che il dato piú inquietante nel mondo della piccola criminalità giovanile era proprio la crescente presenza femminile, mi si ribatteva che erano dati falsati dal fenomeno migratorio (effettivamente una parte del problema è legato alle giovani extracomunitarie). Ora le cronache sono davanti ai nostri occhi e mostrano come le ragazze siano precocemente inquinate, prima dei ragazzi, dalla perdita di progettualità che sta intossicando le giovani generazioni.

Le ragazze sono in genere piú sensibili dei maschi coetanei, quindi sentono prima la mancanza di prospettive (*hopelessness* la chiamano gli inglesi, ovvero perdita di speranza, disperazione). Non sarà poi un caso che protagonista della storia di ordinaria malinconia giovanile, raccontata superbamente dallo scrittore/insegnante Marco Lodoli su un quotidiano qualche tempo fa, fosse proprio una ragazza...

Una conferma di quest'inquietante considerazione mi viene da un seminario di aggiornamento per insegnanti di scuole medie che ho tenuto in una cittadina ligure.

La preside mi sottopone il caso di un gruppo di ragazze che si diverte a scrivere all'interno della porta dei bagni maschili nome, numero di cellulare e specifica tipologia di prestazione sessuale di una compagna di classe. La prescelta incarna l'identikit perfetto della molestata: grassottella, timida, introversa e molto brava a scuola, ovvero diversa.

La vittima viene immediatamente bersagliata da sms e foto pornografiche via telefonino dai maschi dell'istituto e non solo. I genitori delle molestatrici, convocati a scuola e messi a corrente dell'accaduto, manifestano la piú scontata espressione di meraviglia e impotenza.

Questa volta però la scuola, almeno parte di essa, sembra reagire, come dimostra con grande efficacia la lettera che mi invia la preside di quell'istituto qualche settimana dopo i fatti. Ne riporto qualche brano.

> Ho fatto tesoro di un suo suggerimento – «aiutatele ad aprirsi, a spiegare il loro gesto, magari in assemblea» –, ho invitato le

protagoniste, le ragazze accusate, le compagne di classe interessate, a un primo incontro con me, la vecchia Preside, visto che tutti i colleghi hanno ammesso di non essere in grado di affrontare la cosa con convinzione.

In Aula magna erano una quindicina. Delle grafomani mancava solo una, la piú giovane, ammalata; le accusate c'erano tutte e si è aggiunta qualche amica. Le ho molto provocate, costrette a spiegare il significato delle loro frasi e a farlo di fronte alle calunniate, ho insistito perché confermassero o meno gli insulti, poi abbiamo parlato di sesso. Perché usare volgarità a sfondo sessuale per offendere e ferire? Perché il sesso suggerisce loro solo immagini, situazioni pornografiche? Ho cercato di farle pensare a due persone che si amano, che provano sentimenti cosí intensi da volersi mettere in gioco in modo totale, tanto da esaltare i loro corpi come i loro cuori e le loro anime. Ho chiesto loro di riflettere sul fatto che i gesti degli uomini e delle donne, che regalano gioia e non fanno del male ad alcuno, diventano «sporchi» solo se vengono pensati da menti sporche. Poi ho congedato tutte e me ne sono andata.

Ci siamo riviste una settimana dopo, le stesse con qualche amica in piú. Hanno parlato solo loro. Il gioco delle scritte era iniziato per «lasciare in questa scuola un segno del nostro passaggio», cosí hanno esordito le ragazze prossime alla licenza media. Volevano che di loro rimanesse un segno e volevano regalare un ricordo affettuoso alle amiche che resteranno ancora un anno: i «T.V.B., TUA PER SEMPRE, TUA AMICA FOR EVER...» erano per loro «cose belle da conservare». Su questa prima serie di messaggi si è innescata una reazione a catena, con inserimenti critici, poi offensivi, cui seguivano risposte sempre piú pesanti: una escalation forse inaspettata e incontrollabile da parte loro, che ha coinvolto anche molte «insospettabili» e subdole graffitare. Soprattutto, però, è stata sorprendente la loro reazione all'accusa di usare il sesso solo in funzione volgare e offensiva: le ragazzine «bene», quelle che sono sempre educate e controllate, hanno ammesso di provare spesso gli stessi stati d'animo, che si guardano bene però dall'esternare, convinte come sono che l'argomento sia disdicevole. Le altre, quelle «chiacchierate» e spesso emarginate per i loro comportamenti apparentemente disinibiti, le loro frequentazioni di maschi piú grandi, il loro viso un po' truccato e gli abiti osé – e fra queste, le piú criticate da compagni e mamme perbenino – sono state splendide. Il concetto di «sporco» le aveva fatte riflettere e ne avevano tratto lo strumento per reagire con serena consapevolezza alle malignità degli altri e per rivendicare dignità ai loro atteggiamenti di ragazzine forse troppo precoci, secondo il criterio degli adulti, ma certo non stupide, cattive e nemmeno corrotte se non nei giudizi dei bigotti.

Hanno aperto il loro cuore, in quella frettolosa riunione costantemente minacciata dal campanello, come mai avrei sperato che facessero, e abbiamo concordato: la scuola fornirà uno spazio bianco, grande, libero dove scrivere messaggi di ogni tipo – se scriveranno parolacce probabilmente verranno visti e ne risponderanno –, dal prossimo anno scolastico gli incontri con la Preside diventeranno una routine, un giorno alla settimana, a partecipazione assolutamente spontanea sugli argomenti piú disparati, «senza rete» per nessuno.

Il grande tabellone bianco su di un lato dell'atrio c'è già. A me è rimasto il regalo della loro commozione, della loro fiducia e quella frase scappata a Mau alla fine: «Peccato non averle fatte prima, le scritte sui muri: avremmo potuto parlare tanto...» Mi è rimasta una domanda piena di sensi di colpa: perché in una scuola come la nostra, cosí attenta alla relazione con gli alunni, disponibile all'accoglienza, in cui è estraneo il concetto di esclusione ed emarginazione, nessuno è riuscito ad ascoltare queste ragazzine in crisi? Chi siamo veramente, noi insegnanti: parolai incompetenti, educatori frettolosi e distratti, vittime del sistema e della burocrazia? Grazie per avermi prestato attenzione.

Non credo comunque che l'esempio ligure costituisca un episodio marginale o poco rappresentativo. Una recente indagine svolta nel Regno Unito dall'associazione benefica Nch rivela che il bullismo tende ad avvalersi sempre piú dei nuovi strumenti di comunicazione, di cui appunto gli adolescenti sono i massimi fruitori: il quattordici per cento dei ragazzi e oltre il venti per cento tra le ragazze sono vittime della violenza telematica.

Anche se il fenomeno del bullismo al femminile non è una novità, la sua declinazione tecnologica offre però lo spunto per un'ulteriore riflessione sui nostri adolescenti.

Le nuove forme di teppismo esprimono infatti una violenza ancor piú temibile di quella «classica» fatta di vandalismi e parolacce: anzitutto, essa richiedeva quanto meno una relazione diretta tra vittima e carnefice, il che ne circoscriveva i casi. L'uso dei telefonini (sms, foto e filmati) rappresenta invece una minaccia piú difficile da arginare e quasi incontrollabile, aprendo a chiunque la «carriera» di bullo/a.

Inoltre, al teppista di un tempo era richiesta l'appartenenza a un gruppo, la distinzione gerarchica tra leader ed esecutori: tutto visibile, dunque arginabile. Oggi, chiunque può perseguitare un altro senza dover osservare le regole di una banda, né sottostare a un capo.

Il bullismo quindi contribuisce a diffondere una cultura in cui il coraggio sembra aver perduto di fascino, non è richiesta nemmeno forza fisica, non occorre emergere tra pari. Anch'esso dunque educa gli adolescenti a nascondersi, a non assumere mai alcuna responsabilità in rapporto ai propri comportamenti, visibili soltanto a carnefice e vittima. Probabilmente questa tendenza a esercitare una violenza mediata non piú dalla prestanza ma dalla furbizia ha contribuito a rinforzare uno stereotipo femminile e quindi ad agevolare la diffusione del fenomeno tra molte ragazze.

È significativo anche il luogo dove la violenza viene esercitata. Non piú alla luce del sole, non piú in corridoi o cortili, fra la gente: la vittima può essere perseguitata nella propria camera da letto, di notte.

Il bullismo tecnologico permette di violare la privacy piú intima, di non lasciar tregua: la vittima deve arrivare ad aver paura di accendere il telefonino o di aprire la propria casella di posta elettronica. Un sottile sadismo in cui molte giovani femmine sembrano primeggiare.

Altro esempio. Questa volta siamo in una scuola media superiore a West Yorks, Inghilterra. Protagonisti un gruppo di quindicenni, vittima designata un bambino di undici.

I bulli, durante un intervallo, circondano, spintonano e gettano a terra il malcapitato; lo picchiano selvaggiamente fino a spezzargli un braccio.

Durante il pestaggio, uno degli assalitori estrae il telefonino – con videocamera – immortalando da vicino le varie fasi della violenza, compresa la frattura del braccio.

Poi, via internet, invia la documentazione ad amici e compagni di scuola.

L'associazione d'idee ci richiama le immagini atroci dei terroristi che in Iraq sequestrano e sgozzano le loro vittime sotto l'occhio di una telecamera.

La violenza si è appropriata di uno strumento di ulteriore malvagità: ieri le immagini di conflitti e stragi erano documentazioni militari o servizi di inviati di guerra, alcuni di questi memorabili per la denuncia universale in cui sapeva tramutarsi un'inquadratura fulminea; oggi in tv, internet e nuove tecnologie comunicative passano immagini che hanno fini strategici – ottenere consenso, ricattare, esercitare pressioni politiche o economiche – e che scovano dentro di noi, soprattutto tra i piú giovani, la morbosità.

Oggi possiamo vedere in diretta una decapitazione, la paura, il pianto, la disperazione di un uomo cui la morte si avvicina, l'atto del boia, la sua determinazione, il sangue, la testa mozzata, il corpo che si affloscia, le urla dei fanatici. Possiamo vedere in diretta ciò che nemmeno una rete televisiva è in grado di documentare: basterebbe ricordare l'uso dei telefonini per realizzare brevi filmati nell'immediatezza dei recenti attacchi terroristici accaduti a Madrid, a Londra, a Sharm el Sheik.

Tutto possibile da casa con un click, basta una rapida connessione e il nostro salotto o la camera di un ragazzo si trasformano in un patibolo, in una galleria dell'orrore: immagini talmente potenti che qualsiasi indignazione diviene afona.

Un esercizio alla clandestinità e all'indifferenza che deve piacere sempre di piú agli adulti, visto che, proprio in queste settimane, negli Stati Uniti è stato messo in commercio un cellulare con tre tasti perché possa essere facilmente utilizzato anche dai bambini piú piccoli.

Il tutto nel nome della libertà d'informazione.

Eppure ora che i ragazzi hanno visto – perché è arrivata sul loro computer – a cosa può giungere la violenza umana, siamo cosí sicuri che cresceranno migliori, piú consapevoli, piú maturi?

Chissà se quei bulli inglesi hanno voluto scorrere fino all'ultimo fotogramma il video di quei massacri.

È la libertà senza maestri, l'educazione senza regole etiche che può portare i piú giovani a far propria la barbarie, a replicarla. Le nuove tecnologie comportano nuove responsabilità da parte degli adulti.

Anche le nuove forme di bullismo dunque si adeguano all'idea che non esistano piú luoghi pubblici dove giocare e crescere, ma solo camere da letto illuminate da schermi di computer. La violenza, un tempo fisica, si è trasformata in psicologica, dunque subdola. Forse anche in questo molti adulti sono stati irresponsabili maestri.

Il discorso torna inevitabilmente alle regole e, specularmente, all'assenza di chi dovrebbe applicarle con amore severo.

I sindaci, soprattutto di paesi e piccole città, sono diventati negli ultimi anni osservatori involontari delle incapacità educative di molti genitori, in particolare dei padri.

Per riuscire ad arrivare a Lainate occorre passare qualche ora incolonnati tra camion, pulmini stipati di operai, berline di manager attaccati al cellulare. Superato l'immenso serpente di strade intasate, mi conducono finalmente in uno dei pochi luoghi umanizzati di quell'immensa periferia milanese: una parrocchia all'ora del tramonto, ragazzi e ragazze giocano, corrono nel campetto di calcio, guardano la televisione nella sala vicina al bar.

C'è la Coppa dei Campioni, sta giocando il Milan: alla conferenza vengono quasi solo donne.

A cena il sindaco sfoga la propria amarezza: qualche sera prima una pattuglia di carabinieri scopre un gruppo di sette ragazzi, tutti minorenni, intenti a svitare le lampadine di un semaforo; li ferma e li porta in caserma. I carabinieri convocano i genitori. Si presentano due madri soltanto per dire che i figli non avevano fatto nulla, erano lí per caso e dovevano essere rilasciati immediatamente. Una ricorda loro «delicatamente» che il marito fa l'avvocato.

Diversa area geografica, stessi problemi.

Un altro sindaco, stavolta di un paese in provincia di Treviso, mi racconta tra il divertimento e la preoccupazione quel che gli è accaduto qualche giorno prima. È tempo di campagna elettorale: gli impegni politici e amministrativi lo costringono a lavorare fino a tardi in municipio. Una sera esce quasi a mezzanotte e in fondo ai giardini vede tre ragazzi accanto ai cartelli elettorali: due ci stanno urinando sopra. Urla, si avvicina: sono i figli adolescenti di cittadini che conosce bene. Li costringe a entrare con lui in municipio, telefona ai genitori. Del primo, nessuno in casa; del secondo risponde il padre: «Ma ti pare un buon motivo per svegliarmi a quest'ora? Ne riparleremo domani, «notte...», e riattacca.

Un padre che non abbia avuto un padre è uomo instabile; un maestro che non abbia avuto un maestro è pericoloso.

Molto si è detto in questi anni sulle fragili radici dell'identità di chi è cresciuto deprivato di quella complicità severa di cui i padri dovrebbero essere portatori. Poco si è riflettuto, invece, sulla latitanza delle figure magistrali, di coloro cioè che sanno essere autorevoli.

La mancanza del padre può implicare carenza di regole morali e comportamentali; la mancanza di un maestro induce nei bambini e negli adolescenti una perdita di progettualità, induce miopia.

Educazione è esempio, in particolare esempio silenzioso nei mille piccoli e apparentemente insignificanti gesti della quotidianità; compone un lessico familiare che ognuno di noi riconosce come segno distintivo della propria identità.

Vorrei fare due esempi opposti: su ciò che di positivo si rischia oggi di perdere, su ciò che di negativo potrebbe affermarsi ancor piú.

Mia nonna materna era una vera regina nel preparare i passatelli, un impasto tipico della bassa Romagna (impreziosito da una grattugiatina di scorza di limone e di noce moscata): si mangiano in brodo o piú raramente asciutti. Inconsapevolmente, forniva, alle figlie prima e ai nipoti poi, un silenzioso e importante caleidoscopio sensoriale e affettivo, un messaggio capace di sopperire alle difficoltà e ai limiti della comunicazione emotiva dei genitori della sua generazione.

Quei gesti, quelle ritualità contenevano la magia della manualità, la consacrazione del saper fare, replicare e rendere migliore una cosa buona e bella: il piacere del ricevere, costruire e dare a propria volta (una sorta d'inconsapevole *know-how* affettivo).

Impastare è usare il tatto, muoversi con la sensualità che viene dall'assecondare il sapere delle mani dosando, toccando, osservando, assaggiando, sporcandosi di profumi antichi. I sapori, ovvero sublime confondimento sensoriale. Impastare vuol dire anche odorare, le mani sapranno di farina, di scorza di limone e di spezie ancora per qualche ora, dopo la preparazione del piatto. E annusare, naturalmente.

La preparazione di un cibo dice di noi: per molti della mia generazione un odore legato a una certa pietanza significa infanzia, e con essa gli echi, le parole, le urla ma anche le carezze, gli schiaffi, le risate di un'età pienamente vissuta e mai per sempre emotivamente tramontata.

Ricordo un bel film di un regista greco, Tassos Boulmetis, *Un tocco di zenzero*: il nonno, che aveva una bottega di spezie in un mercato a Costantinopoli, insegnava al nipote come una cartolina che arriva da lontano non debba essere solo guardata, ma possibilmente immersa nel sacco della cannella o del pepe in grani, in modo che il piacere di osservare sia arricchito da quello di annusare. E tutto si componeva in un'esperienza educativa di indescrivibile e rara magia.

La manualità del cucinare insegna anche ad assaporare un gusto lento del tempo, dunque i termini dell'ascolto, di parole e musiche, la colonna sonora della nostra vita: un'«inutile» chiacchierata, il narrare storie. Un enorme potenziale educativo, soprattutto dal punto di vista emotivo.

È il tempo lento della mitezza: non si può educare senza esser capaci di scegliere la mitezza.

Il maestro è mite per definizione.

Il secondo esempio riguarda un aspetto apparentemente banale della nostra quotidianità.

Osserviamo la gente che gremisce una pizzeria la sera del sabato: quanti padri si affrettano a tagliare la pizza a un figlio che ha già dieci o dodici anni? Pensiamo a ciò che succede ogni mattina in tantissime case: quante mamme continuano a rifare il letto a figli che magari studiano già all'università?

La manualità educa a costruire un saper fare individuale, dunque a una forma di libertà; ma quella stessa manualità, quando arriva a imbastire queste servili ritualità domestiche, collabora alla tessitura di un pesante legame di reciproca dipendenza.

Eppure ho appena fatto due esempi tra i piú comuni nel nostro panorama familiare, perché dunque i genitori vi ricorrono cosí frequentemente?

Mettere le mani nel piatto o nel letto di un figlio è rassicurante quanto mantenere integro un cordone ombelicale.

La pratica del piccolo ostinato aiuto materiale a un figlio è invasiva, penetra totalmente nella sua intimità.

In entrambi i casi, si tratta di ritualità ansiolitiche, ambigue, ben lontane da una valenza educativa.

Compito di un genitore moderno potrebbe dunque utilmente essere riscoprire e rinominare gesti e riti della quotidianità, da un lato per conferire senso a ciò che rischiamo di scartare con grave danno per l'apprendistato emotivo dei nostri figli (la manualità affettiva), dall'altro per valutare con maggiore criticità ciò che tendiamo a perpetuare senza una ragione educativa.

Ho paura però che i passatelli o le tagliatelle le nonne e le mamme non li facciano quasi piú ai loro bambini. Il rito della manualità culinaria si è trasferito dalle cucine sature d'emozioni agli ipermercati illuminati dai neon.

Negli enormi zaini da sherpa himalayani, da cui le nostre piccole creature sono gravate ogni mattina per andare e tornare da scuola albergano non solo libri e vocabolari, ma anche «le merendine», ovvero il sostitutivo inerte dell'abilità culinaria.

Quasi impossibile per una madre o un padre opporsi a ciò che una sempre piú invadente pubblicità propone e impone.

I dati piú recenti sono allarmanti e provengono dagli Usa, il Paese piú obeso del mondo, ma da qualche anno anche l'Europa sembra voler allinearsi, anche se qualcuno cerca di resistere a costo di trasformare bambini e adolescenti in clienti di dietologi, personal trainer, psicologi.

In realtà, la scelta dei cibi cela un acuto bisogno di relazione.

Negli Stati Uniti il cambiamento nel modo di alimentare i figli è avvenuto infatti per esigenze squisitamente organizzative: la famiglia americana ha smesso da decenni di esistere in quanto gruppo affettivo complesso e aggregato, diventando una sommatoria di individui ciascuno con i propri tempi, la propria rigida quotidianità.

Dietro a qualche immagine pubblicitaria di famiglia che siede attorno al tavolo della cucina alle sette di mattina per scaldarsi un toast o bere un succo vitaminico, c'è l'esatto contrario: la fretta, la corsa all'ufficio o a scuola, lo sfiorarsi di sguardi proiettati altrove. E poi un silenzio che dura la giornata intera.

In questo disfacimento di ritualità collettive, la relazione affettiva deve recuperare sui propri sensi di colpa, e il cibo è tradizionalmente uno strumento adatto.

La merendina, infatti, non riempie un bisogno nutrizionale, quanto piuttosto seda l'insicurezza dei genitori: se il figlio mangia vuol dire che sta bene e dunque il padre e la madre non stanno sbagliando con lui; se invece rifiuta il cibo, automaticamente si sentono in colpa, pensano subito di essere inadeguati.

La merendina ha successo perché risponde a bisogni indotti in bambini e adolescenti dalle pubblicità: e a questi bisogni è finalmente semplice, gratificante, rispondere.

D'altro canto, la valenza subliminale del messaggio mediatico non fa leva sui contenuti nutrizionali, ma sull'identità: se un bimbo si presentasse a scuola con un sano sfilatino imbottito di salame, sarebbe estromesso dal gruppo di amici; invece quel tipo particolare di snack dice chi è quel giovane, certifica l'avvenuto adeguamento ai tempi e alle mode, conferma che sei socialmente accettabile. Ciò vale per i ragazzi, ma anche, e forse ancor di piú, per i genitori.

L'induzione a simili consumi cela un'altra insidia: la tendenza a una crescita autarchica. La pubblicità non riuscirà mai a fare comunicare generazioni diverse attraverso uno stesso prodotto: la merendina è e rimane cibo per bambini, solo per loro. L'ormai obsoleto pane e mortadella era trasversale: lo mangiava il nonno, lo portava il papà al lavoro e il bambino nella cartella.

Oggi, attraverso la somministrazione di tortine o biscotti di riso soffiato, un adulto vuol comprare anche un pezzo dell'identità di quei giovani, tale proprio nella misura in cui li distingue dalle generazioni precedenti. Una identità pagata a caro prezzo: isolamento, creazione di compartimenti stagni all'interno di un nucleo familiare, rinuncia a un'appartenenza trans-generazionale.

Il problema – il veleno – non si nasconde dunque tra i tassi d'obesità (cosí visibili), ma nella fruizione sempre piú solipsistica del cibo all'interno della rete familiare e nella scomposizione della stessa. In futuro potremmo trovarci a mangiare ognuno il proprio pasto da solo, ognuno alla propria ora, ognuno davanti al proprio elettrodomestico, tristi e autarchici.

Una scuola concreta

Dopo tanti anni che giro l'Italia a tenere conferenze, ho imparato a non chiedere prima a quale pubblico mi dovrò rivolgere. In questo modo non rischio di subire l'influenza dell'ambiente e mi sento piú libero di dire ciò che ritengo utile, anche a costo di urtare qualche suscettibilità.

Una sera d'inverno l'appuntamento è in una scuola di Monza. All'ora pattuita mi presento al cancello dell'istituto: il giardino, i viali ben curati, l'ampiezza dell'atrio dovrebbero farmi presagire che sto per entrare in un luogo non proprio popolare, ma la mia distrazione, o forse la stanchezza, mi conducono fino alla cattedra dell'aula magna senza dar troppo peso a quegli indizi.

Argomento della conferenza è il ruolo della scuola in rapporto all'educazione dei ragazzi. Cosí, nelle parole introduttive, cerco di chiarire il mio punto di vista sulle aspettative e sui compiti cui una scuola oggi dovrebbe rispondere. Noto però una crescente aria di sufficienza nelle persone che mi stanno ascoltando, soprattutto in chi mi siede a fianco: il preside dell'istituto. Non è irritazione, semmai quella sensazione di noia che si vede specchiata sul viso delle persone quando ascoltano qualcosa a loro già ampiamente noto.

La discussione che segue chiarisce in parte il mio presentimento: quel liceo già da anni aveva messo in atto molto di ciò che avevo descritto a proposito di un nuovo «modello di scuola» cui far riferimento.

Altre volte mi era capitato di esporre considerazioni simili e la reazione del pubblico aveva, in genere, marcato due modalità di risposta: da una parte chi – quasi sempre i genitori – auspicava quei cambiamenti, dall'altra chi – in genere gli insegnanti con piú anni di carriera – affermava trattarsi di un'irrealizzabile utopia.

A Monza invece, ad ascoltare gli interventi e le domande delle persone che riempiono la sala, quell'idea sembra quantomeno assai piú vicina che altrove a concretizzarsi. Il segreto dell'apparente diversità tra questa realtà e le molte altre che ho conosciuto nel Paese è facilmente comprensibile: si tratta di una scuola privata, le cui rette non sono certo alla portata di qualsiasi cittadino e ciò permette di realizzare una buona parte almeno di ciò che da tempo vado sperando.

Non si tratta di una fantasia, ma piú semplicemente di ciò che in buona parte d'Europa è realtà operante da anni, largamente condivisa da famiglie e corpo insegnante: quando una qualsiasi persona di buon senso cerca d'immaginare un'esperienza educativa pienamente inserita nel piú ampio contesto sociale ed economico, insomma una scuola adatta ai tempi che viviamo, non se la raffigura certo fatiscente nelle strutture, funzionante solo qualche ora al mattino, con docenti mal pagati e mai valutati nelle loro capacità didattiche, in grado soltanto d'insegnare la propria materia e non già di occuparsi della complessa personalità adolescente con cui hanno a che fare.

Non è dunque poi cosí strano che cittadini benestanti vogliano, anzi pretendano, per i propri figli una scuola molto distante da quella quotidianamente frequentata dagli altri.

Durante il piccolo rinfresco organizzato nei locali della presidenza al termine dell'incontro, faccio una scoperta divertente.

Un signore, credo un rappresentante dei genitori, mi tesse le lodi di quella realtà e si dichiara felicemente sorpreso nell'aver percepito da parte mia – che evidentemente non potevo conoscere la filosofia cui quell'istituto s'ispira – una sintonia particolare. Continuando a discorrere della loro scuola, ed essendosi ormai convinto della mia totale estraneità al contesto, mi sussurra: «Ma allora proprio lei non sa nulla di questo liceo… e non sa nemmeno che tra gli iscritti ci sono anche i figli piú piccoli dell'onorevole Berlusconi?»

Mai nella vita avrei potuto immaginare di poter parlare nell'istituto frequentato dai figli del primo ministro!

Riflettendoci, la notizia è – spero non solo per me – straordinariamente positiva: come potrei non essere contento che il capo del governo della comunità cui appartengo abbia scelto per i propri figli proprio una scuola pensata, strutturata, organizzata nel modo che vado proponendo?

Mi chiedo anche però se in questo Paese, per aver diritto a una scuola a tempo pieno in ogni senso – ben oltre lo stereotipo di un'etichetta – occorra essere figli di miliardari o di capi di governo: se, infatti, chi può permettersi di scegliere opta per una scuola in tutto simile a un college inglese, perché questo modello non può essere praticabile per qualsiasi altro adolescente? Perché, al contrario, proprio il ministro dell'istruzione del governo guidato dall'onorevole Silvio Berlusconi ha deciso di programmare, attraverso una giustamente contestata riforma, una scuola pubblica che dal punto di vista educativo rappresenta l'opposto di quella scelta dal premier per i propri figli? Se l'onorevole Berlusconi avesse invitato il suo ministro a visitarla, noi cittadini non dovremmo fare i conti con il declino voluto in questi anni da una somma d'incompetenze create da interessi di lobby e di categoria (basterebbe ricordare la povertà culturale e l'arretratezza di certe proposte sindacali).

Non ho mai creduto che una scuola privata possa essere portata ad esempio, anzi ritengo che un istituto che opera una selezione sulla classe sociale dei propri allievi sia di per sé educativamente fallimentare. Proprio perché l'obiettivo è quello di educare e non semplicemente di istruire, un adolescente deve avere l'opportunità di crescere potendo e dovendo confrontarsi con la complessità delle realtà sociali, economiche e culturali: è questo confronto a offrirgli una concreta possibilità di orientamento e di crescita.

Educare non significa infatti occuparsi prioritariamente dei primi della classe (come fanno molti insegnanti oggi, «lasciando perdere» gli altri) o dei figli dei privilegiati, per la semplice ragione che il talento può nascondersi anche tra gli ultimi (anzi penso che sia questo il caso piú frequente).

Non credo si possano nutrire dubbi sul fatto che, per un giovane, venire a contatto, scoprire, essere contaminato da chi dimostra capacità, intelligenza e creatività –

al di là di ogni appartenenza sociale – rappresenti una fondamentale esperienza di crescita: e ciò può avvenire soltanto se la scuola è in grado d'offrire una reale – non virtuale – occasione di scambio.

Penso, ad esempio, al rapporto tra competitività e mitezza.

Se un ragazzo trascorre il proprio tempo in una scuola per miliardari, difficilmente potrà evitare di conoscere la pratica dell'indifferenza, a volte anche della protervia e dell'arroganza, nei confronti dell'altro: tratti spesso comuni a chi ha conquistato il privilegio a colpi di gomito e d'astuzie. D'altra parte è utile ricordare che l'indifferenza è la tipologia di relazione che si può raggiungere esercitando il minor talento possibile.

Consentendo, invece, a un adolescente il confronto con un mondo che vive anche altri valori – la modestia, l'umiltà, il senso empatico della relazione – gli si permetterà di guardare con occhi diversi le differenti realtà e di scegliere consapevolmente a quale appartenere, in quale svolgere la propria esistenza.

Vorrei però tornare alla questione lasciata in sospeso: quale proposta per una scuola adeguata alla complessità delle esigenze di oggi? Quale ruolo, quale organizzazione? Mi avvalgo di un paio di esempi.

Non molte settimane dopo l'incontro con i genitori e gli insegnanti dell'istituto di Monza, ricevo un invito da parte di una scuola di Bari. Anche in questa circostanza utilizzo il metodo di non chiedere null'altro se non l'indirizzo.

È l'imbrunire, la periferia barese è invasa dalle automobili di chi sta tornando a casa dal lavoro. Man mano che mi allontano dal centro della città, il degrado assume le forme ancor piú dense della sciatteria, della sporcizia, del caos: cornice urbana di assoluta disperazione dove sembra impossibile pensare a qualcosa che abbia a che fare con l'educare, ma dove invece s'annida sovente la sorpresa.

Cerco d'immaginare il tipo di scuola verso la quale mi sto dirigendo, penso a uno di quei luoghi tante volte visitati, contagiati da un disordine allegro, animati da coraggio e buona volontà, dove s'incontrano insegnanti sospesi tra l'obbligo a essere valorosi, quasi eroici, e la resa alla marginalità e al disinteresse sociale cui da un tempo infinito sembrano costretti.

Questa volta però la situazione è opposta: fin dall'ingresso, l'impressione è quella di una sorta di enclave svizzera nel cuore del meridione piú martirizzato. Una costruzione moderna con soffitti sostenuti da grandi travi di legno lamellare che rendono quei volumi ancor piú ariosi e alieni al contesto appena attraversato e annusato. Una smisurata palestra sottolinea una presenza forte, quasi intimidente.

Nemmeno questa volta sono in una scuola come tante altre (ma forse è pur giusto che ognuna parli per sé): lo si nota dall'orgoglio con cui la dirigente mi accompagna in un breve giro per farmi conoscere l'ambiente e qualcosa del suo metodo.

Non è una media superiore come a Monza, ma un istituto comprensivo che raggruppa classi di materna, elementari e medie.

Ciò che colpisce è l'organizzazione che disciplina – è proprio il caso di dire – il rapporto tra insegnanti e genitori. Una partecipazione delle famiglie ordita in senso quasi militaresco: a sorte, ciascuna deve riunirne nella propria casa altre per parlare dei programmi e valutare le attività.

La direttrice mi spiega che la palestra non è utilizzata soltanto dai bambini ma anche, la sera, dai loro genitori in modo da creare una comunità coesa e comunicante.

Un foglio attaccato alla porta colorata di una classe attira la mia attenzione: non vi sono indicate direttive riguardanti gli alunni ma ancora i genitori, che devono controllare il lavoro quotidiano dei figli; è appuntata anche la sonata di Bach che la sera dovranno ascoltare insieme (obbligatoriamente quel brano, non altri). Un intreccio che realizza una rete di controllo reciproco tra insegnanti, allievi e famiglie, e sfiora quasi l'ossessione.

Alla fine della visita, mi capita di affacciarmi a una porta lungo il corridoio d'ingresso: la cappella della scuola. Sulla parete di fondo, un grande ritratto non lascia dubbi circa l'ispirazione che disciplina in modo cosí preciso questo istituto: è José María Escrivá de Balaguer, il religioso spagnolo fondatore dell'Opus Dei.

È comprensibile che un'organizzazione come quella descritta abbia i suoi vantaggi: l'estrema coesione del blocco sociale che unisce genitori e insegnanti tende a promuovere unanimità – eccessiva? – nei momenti decisionali, condivisione della «missione» della scuola e (iper)controllo sulla crescita dei figli.

Una realtà che, in modo simile a quella monzese, segnala da un lato l'alta aspettativa di quelle famiglie, dall'altro la difficoltà a decidere da sole cosa fare e come.

Giungo a considerazioni paradossalmente non molto diverse alla fine di un incontro in una scuola nella campagna veronese (anche in questo caso asilo, elementare e media inferiore) a impostazione steineriana (Steiner è il filosofo e pedagogista d'origine austriaca creatore della «scuola Waldorf», ovvero dell'idea di scuola come arte).

Ho detto «paradossalmente» perché potrebbero sembrare due mondi assolutamente diversi e incomparabili: Monza e Bari, luoghi estremamente disciplinati e dediti a una missione precisa; Verona, luogo libero e creativo dove i bambini son lasciati crescere senza imposizioni e dove la cultura d'appartenenza (vale per insegnanti e genitori) fa trasparire tracce di un pensiero volutamente anticonformista, con qualche velleità di antagonismo.

In realtà, in entrambi si nota una ricerca di rigidità, come se le famiglie sentissero un gran bisogno di regole ben chiare, di ricette ben articolate e con poco margine per l'interpretazione, quasi che l'esercizio del dubbio dovesse essere bandito dalla pratica educativa (e ciò proprio in contraddizione con lo stesso pensiero steineriano che aborriva le «ricette pedagogiche»).

In questi ultimi anni, evidentemente, i genitori hanno elaborato un'esigenza d'indiscutibile magistralità, un bisogno di modelli prestabiliti, di impegni precisamente declinati. Che poi il regolamento provenga dall'interpretazione delle idee di Jose María Escrivá de Balaguer o di Rudolf Steiner o di Maria Montessori o di Don Milani poco importa.

Vi sono molti papà e molte mamme che hanno bisogno di essere accompagnati per mano nel proprio mestiere di educatori, tanto quanto lo sono molti insegnanti.

L'educare, faticosamente fuoriuscito dal medioevo dell'autoritarismo, rischia dunque d'incagliarsi tra le nebbie delle rigidità delle nuove pratiche pedagogiche, alla ricerca di un unico faro, di un riferimento non solo teorico, ma soprattutto empirico.

Non voglio essere eccessivamente critico nei confronti di questa diffusa esigenza, anzi cerco di rispettarla profondamente. Credo però che occorra quanto prima passare alla progettazione e costruzione di una fase successiva, senza ignorare le esigenze di magistralità, ma anche senza cadere nell'ovvietà e semplificazione del dogma.

Torno dunque all'idea di progettare una scuola per il futuro della nostra comunità. Ognuna delle esperienze che ho incontrato – ovviamente non solo a Monza, Bari o Verona – converge su un punto fondamentale alla sua architettura organizzativa: il tempo.

La scuola attuale, nella maggioranza dei casi, non dispone di tempo sufficiente e quindi tende a delegarne la necessaria estensione ad altre agenzie: famiglia, associazioni per attività sportive e creative ecc. La questione non è quella, trita e ritrita, del «tempo pieno» o di quello «prolungato» o dei rientri settimanali: opzioni spesso tradotte in un sindacalese che offende l'intelligenza dei cittadini e perde di vista il punto fondamentale. Educare significa aiutare a crescere. Dunque, occorre che chiunque ricopra questo ruolo – ovvero potenzialmente ogni adulto giacché i bambini e gli adolescenti guardano ai piú grandi, anche se in questo caso mi riferisco specificamente agli insegnanti – pensi al tempo come a una dimensione obbligata per capire la complessità di chi sta crescendo.

Basterebbe pensare al possibile ruolo di un servizio semplice come la mensa scolastica. Chi potrebbe negare che pranzare assieme ai propri amici e compagni sia incomparabilmente piú utile per la crescita di un adolescente che riscaldare a casa la cotoletta lasciata dalla mamma prima di andare a lavorare? La mensa scolastica è un laboratorio fondamentale per imparare a vivere: in quel breve tempo, apparentemente senza scopo se non quello nutritivo, si può capire l'importanza del rispetto per l'altro, si può verificare nella pratica di tutti i giorni cosa significhino le differenze individuali. Materie fondamentali per crescere consapevoli.

Si pensi all'importanza della mensa scolastica nella vita di una ragazza che, mettiamo, abbia sedici anni, pesi ventotto chili e alla quale da mesi siano sparite le mestruazioni. Qualche psichiatra la chiama anoressica, invece il suo nome è Valentina, cioè è una persona.

C'è qualcuno che può davvero pensare che sia piú utile per Valentina tornare a casa all'ora di pranzo per guardare da sola il frigorifero, totem della sua infelicità?

Non sarebbe forse meglio per lei rimanere a scuola con altri venti ragazzi e ragazze seduti intorno a un tavolo, dove Patrizia le verrà a sedersi vicino e dopo qualche minuto le dirà: «Come mai non mangi? Guarda che anch'io facevo come te un anno fa... erano mesi che non parlavo piú col mio babbo e per me era un dolore terribile tanto che non mi andava piú di vivere, avevo lasciato anche il ragazzo, non mangiavo, volevo solo dormire, speravo di non svegliarmi piú...»

Cosí quella ragazza troppo magra potrebbe cominciare a pensare di non essere l'unica al mondo a sentire quei dolori dentro, ma che se ne può parlare senza vergognarsi, che non sono patologie da raccontare necessariamente a una psicologa, ma nodi dell'esistenza in cui è strategico poter contare su qualcuno che ti capisca, qualcuno che ti si sieda a fianco.

Naturalmente un tempo pieno scolastico corrisponde a una nuova responsabilità anche per la famiglie: chiudere le scuole il sabato implica la possibilità (ma anche la disponibilità) a esserci per un lungo week-end. Quando un provveditore agli studi di una grande città del nord lo propose alle scuole medie superiori vi fu una protesta di piazza: genitori e insegnanti uniti nella lotta per una scuola mediocre e inutile.

Cose strane, osservazioni avventate? È diventata una utopia pensare che tutte le scuole abbiano una mensa, ovvero un tempo per accompagnarsi l'un l'altro? Non ce lo possiamo permettere economicamente, come dicono al ministero? Eppure i soldi per due scarpe di marca all'anno non sono in pochi a poterli spendere. Dunque?

Dunque si tratta di mancanza di progettualità: quando pensiamo ai nostri ragazzi rischiamo sempre di essere sciatti, di produrre solo idee a buon mercato, e qualcuno si rassicurerà convincendosi che la crescita gioiosa dei propri figli non si costruisce cercando quotidianamente il tempo, ma la si acquista all'ipermercato, con una carta di credito.

Quando un genitore va a colloquio con l'insegnante del figlio, solitamente fa una domanda assolutamente inutile: «Come va mio figlio in matematica, o in chimica, o in italiano ecc.?» La qual cosa è del tutto irrilevante, se vuole capire *come* sta crescendo un ragazzo: andare bene o male in una certa materia non è cosí centrale, rispetto a ciò che dovrebbe davvero interessare a un genitore.

Se va benissimo in matematica, possiamo dedurre che per questo sia sereno? Un genitore dovrà pur essere primariamente interessato a sapere come sta maturando suo figlio o sua figlia: occuparsi o preoccuparsi soltanto delle sue capacità cognitive è tanto limitativo quanto osservarne esclusivamente la crescita somatica. Se si è insufficienti in matematica con qualche settimana di studio si può raggiungere la promozione, ma se non si ha fiducia in se stessi o capacità d'autonomia chi può proporsi per aiutare quell'adolescente?

La scuola, dunque, può e deve avere un compito strategico nella valutazione della serenità con cui un ragazzo o una ragazza sta crescendo.

Probabilmente, allora, la domanda piú interessante va declinata nella sua forma piú breve: «Come va mio figlio?» Fermiamoci lí per un attimo, proviamo ad attivare un contatto e un confronto diretto tra adulti – genitore e insegnante – per chiederci reciprocamente: «Come lo vede lei? È arrivato in questa classe a settembre e ora siamo a maggio: che impressione le ha fatto durante tutto questo tempo? È sempre uguale?» Impossibile, non è un criceto, forse è andato avanti o forse no... E poi, cosa vuol dire «andare avanti» per un ragazzo? Maturare? Essere piú consapevole e sicuro di sé? Essere diventato piú sensibile?

Il mondo della scuola deve assolutamente trovare una propria competenza nel rispondere a queste domande, non può delegarlo ad altri perché è compito di un insegnante saper valutare l'evoluzione – non solo cognitiva, ma anche adattativa, emotiva e relazionale – di un adolescente. Per poi saperla confrontare con chi – il padre, la madre – non può vedere quel figlio o quella figlia alle undici di mattina assieme ad altri trenta o quaranta suoi compagni e compagne. Magari quel genitore riuscirà a parlargli la sera tardi, quando entrambi sono stanchi e comunque quel ragazzo è fuori dall'altro suo ambiente d'appartenenza: ovvio che la valutazione sarà condizionata dal tempo di osservazione, quindi essa ha il bisogno assoluto di complementarsi con ciò che la scuola può offrire in quanto insostituibile luogo di osservazione.

Parlo di genitori ma non vorrei fermarmi a loro. Ho letto recentemente che in un Paese scandinavo hanno deciso di abolire, tranne un incontro semestrale, negli ultimi anni della scuola media superiore, i colloqui con i genitori e di sostituirli con incontri diretti con gli adolescenti. Perché dover dire a una mamma che il figlio sedicenne non va bene a scuola e non dirlo in faccia proprio a lui, con il risultato di responsabilizzarlo immediatamente?

È un ulteriore esempio che porta alla costruzione, sicura e coerente, dell'autonomia di giudizio su di sé di un giovane.

Per far ciò, occorre che la scuola si doti di un tempo di cui al momento non dispone. Non intendo una dimensione solo quantitativa (che comunque ha una fondamentale importanza), ma anche qualitativa. Prendiamone un aspetto chiave: il tempo dell'osservare.

Un insegnante non può certo pretendere di comprendere la crescita di un adolescente soltanto quando lo interroga: la risposta a quelle domande può essere agevolata da una capacità soprattutto mnemonica o ripetitiva e comunque non dice nulla o quasi dell'evoluzione psicologica di quella persona. Per capire qualcosa di piú occorrerebbe, ad esempio, poter osservare un adolescente mentre gioca a pallavolo assieme ai suoi amici: da come quel ragazzo o quella ragazza reagisce alla vittoria o alla sconfitta, da come vive il gruppo, da come ne è al centro o alla periferia, l'insegnante (non solo quello di ginnastica) potrebbe umilmente capire con quale adolescente stia avendo a che fare, aiutarsi a decifrarne i bisogni.

Ma allora occorre creare le condizioni affinché un insegnante possa trascorrere a scuola il tempo necessario per comprendere con chi sta crescendo (perché anche l'educatore cresce educando). E soprattutto si deve formarlo ad accettare questa sfida. Un insegnante laureato in lettere non è detto che sappia insegnare l'italiano: dunque chi valuta quelle capacità di relazione? Chi sa valutare nel corso degli anni le competenze educative di un professore? Quando un ministro, qualche anno fa, provò ad accennare all'argomento ci fu uno sciopero nazionale cui aderirono tutti i sindacati.

Chi difende gli adolescenti dall'improvvisazione e dalle incapacità educative di chi lavora nella scuola? Non certo il ministero, né i sindacati di categoria.

L'annoso dibattito sulla figura del *tutor* fa capire che tutto ciò è molto lontano dall'essere compreso.

Il tutor è una figura centrale in un'istituzione che voglia essere davvero educativa, un adulto di riferimento essenziale per un adolescente, e non solo per conoscenze acquisite ma per capacità empatiche, di ascolto e di relazione. Il *tutor* deve saper assumere su di sé – ed esercitarle – una delle caratteristiche piú alte e raffinate dell'educare: saper comunicare anche senza parole. Per far questo occorre una preparazione specifica, in un ruolo cosí delicato le improvvisazioni possono risultare devastanti.

D'altra parte ho sempre pensato che la professione dell'insegnante non sia e non debba essere un mestiere per chiunque: una comunità civile dovrebbe pur saperlo. Eppure, al ministero dell'istruzione queste semplici parole risultano aliene. E i risultati si vedono.

Qualche tempo fa il preside di un liceo classico di Milano mi ha raccontato di aver chiesto qualche consiglio agli studenti per redigere il piano della «proposta formativa» che l'istituto si apprestava a render pubblica.

Le ragazze e i ragazzi interpellati hanno suggerito – e non si trattava di un'attività prevista come breve o episodica, ma spalmata lungo l'intero anno scolastico – lezioni di danza del ventre. Non volevano essere provocatori, né fare una richiesta esotica (oltre tutto l'ombelico delle ragazze è già molto in vista, in questo periodo, e non ha bisogno di particolari occasioni per essere esibito).

Ciò che quegli adolescenti volevano ricordare a noi

adulti sordastri è semmai che hanno un corpo, non solo una testa, quindi bisogno di comunicare anche non verbalmente: qualcosa che va ben al di là di un insegnamento frontale, ascolto solo se interrogati, espressione di sé solo attraverso parole scritte.

Una scuola oggi avrebbe bisogno di *tutors* complici e preparati, ma anche di maestri di ballo, di poeti, di mimi: i ragazzi imparerebbero a non diffidare del proprio mondo interiore, del proprio bagaglio emotivo. Imparerebbero anche a usarlo, e si arricchirebbero la vita nella vita.

Dunque, un luogo dotato di figure professionali nuove e appassionate, ma anche di un tempo che insegni la necessità di imparare e il diritto a essere ascoltati.

Il tempo, ancora una volta. Un tempo che implichi anche una riconsiderazione della stessa nostra quotidianità. Penso a una ripartizione piú chiara tra tempo dell'apprendimento e tempo delle relazioni familiari e sociali. Si tratta di una necessità dettata anche dai profondi cambiamenti socioeconomici che hanno trasformato l'organizzazione familiare.

Nella provincia di Treviso, le statistiche dicono che oltre il novanta per cento delle donne lavora, ciò significa che dalle otto di mattina alle cinque-sei di sera in casa non c'è nessun adulto (i nonni, come abbiamo visto, sono spesso lontani). Dunque che senso ha obbligare un adolescente a tornare alle due? non fargli perdere l'inizio della trasmissione di Maria De Filippi? non abbiamo nulla di meglio da offrirgli? non è preferibile un luogo educativo con compagni e amici, invece di presenze virtuali?

Guarda caso, né a Monza né a Bari né a Verona sarebbe accettabile l'idea di una scuola che smobiliti all'una e mezza di pomeriggio.

Perché allora non pensare – proprio sull'onda delle esperienze descritte, come di quelle in vigore in mezza Europa – a un tempo scuola utile a un adolescente per essere aiutato e aiutarsi a crescere e imparare, ma anche agli insegnanti per valutare con maggior competenza e profondità la sua maturazione?

Penso a una scuola in grado di esaurire in sé le necessità di studio, di confronto, di ascolto.

Non credo di esser l'unico a sognare una scuola finalmente riscattata da un'antica tradizione sadica: i compiti a casa.

L'ho sperimentato con mia figlia nel suo primo giorno di vacanza alla fine della prima elementare. Mi aveva fatto vedere dei grossi quaderni, e quando le avevo chiesto a cosa servissero, mi aveva risposto candidamente: «I compiti per le vacanze!» Come se un insegnante volesse dire a quella bambina: «Tu vuoi andare al mare, vero? E io ti dico che ci puoi andare ma con i sensi di colpa, e ogni volta che vorrai farti un bagno in piú dovrai pensare a che pagina sei arrivata e a quante te ne mancano... poi arriverà la fine di agosto e tu dovrai telefonare con il patema d'animo alla tua amichetta del cuore per chiederle quante pagine ha fatto, e scoprire che sarà sempre piú avanti di te...»

Una sorta di programmazione all'ansia, un'induzione a vivere il rapporto con la scuola con la stessa angoscia che gli adulti conoscono quando devono affrontare un impegno: vogliamo che fin da piccoli i nostri figli si abituino a sentire quel bruciorino alla bocca dello stomaco che segnala l'avvicinarsi di una scadenza.

Penso a una scuola liberata dalla necessità di ingombrare il restante tempo dei ragazzi con i compiti a casa. Quando chiedo a qualche insegnante di spiegarmi perché si tenda ad aumentare questo carico pomeridiano e serale, mi risponde che cosí imparano un metodo di studio: come se un adolescente potesse apprendere qualcosa da solo, tra PlayStation e internet, tra un concerto rock su Mtv e un panino con la Nutella!

Ma forse un cambiamento in atto c'è, qualche settimana fa ho letto su un quotidiano romano di una rivolta di madri e di padri contro i compiti a casa: era ora! I genitori cominciano ad avere coscienza dell'insensatezza di questa tradizione tutta italiana. Ma soprattutto cominciano a capire che la quantità del lavoro scolastico domestico è inversamente proporzionale alla qualità dell'istituto che i figli frequentano.

D'altra parte non si è mai sentito dire che un operaio della Fiat si debba portare a casa un tergicristallo per rifinirlo! E allora perché dovrebbe essere cosí ovvio sopportare l'idea che i nostri ragazzi inizino a lavorare alle otto di mattina per smettere certe volte a mezzanotte (almeno cosí pretenderebbero certi istituti «paludati»)?

Quando una scuola funziona riesce a essere autonoma, cioè a esaurire entro i propri tempi (che dunque non possono essere quelli attualmente previsti nella stragrande maggioranza dei casi) ogni attività, rimandando al giorno seguente ciò che non è riuscita a fare o a completare. Esattamente come accade in una qualsiasi bottega artigiana.

L'importanza di rendere autarchiche le scuole, inoltre, non riguarda solo l'abolizione di un aspetto deplorevolmente sadico, ma la facilitazione del rapporto fra genitori e figli. Se un adolescente è costretto a rimanere sui libri per tante ore (sviluppando cosí una resistenza inossidabile nei confronti di qualsiasi interesse culturale futuro), non potrà essere disponibile ad alcuna relazione familiare, a parte il breve rito della cena. Come fanno dunque un padre e una madre a discutere e ad ascoltare i propri figli, se sono impegnati in altro? perché gli uni e gli altri non possono sentirsi liberi di passare del tempo insieme senza il tarlo di impegni scolastici casalinghi?

Il modello autarchico non significa – lo dico per evitare una possibile e giusta obiezione – impedire a un adolescente di studiare anche da solo. L'apprendimento è un esercizio individuale – oltre che di gruppo – e questa fatica dev'essere affrontata da ciascuno. Ma la modalità dei «compiti a casa» rappresenta l'esatto opposto: quanti parenti o adulti a pagamento sono chiamati a supplenze pomeridiane? Quanti genitori impegnano cosí i dopocena?

Piú si osserva la scuola dall'esterno, meno si comprendono certe sue regole codificate.

Durante l'anno scolastico sembra che gli insegnanti non abbiano tempo che per seguire i programmi ministeriali, poi arriva giugno e tutto si ferma senza alcun comprensibile motivo: troppo caldo? neanche stare a casa a giugno o luglio rinfresca; bambini e adolescenti stanchi? in ogni caso non hanno certo bisogno di tre mesi di riposo: un tempo infinito che porta alla noia; insegnanti da far rifiatare?

La comunità paga anche l'estate della scuola, senza protestare; anzi le famiglie italiane si trovano costrette a spendere denaro per baby-sitter e iscrizioni a campi estivi delle piú diverse ispirazioni; oppure a pregare i nonni di intervenire in qualche modo: nessuno sembra aver mai pensato che «la tassa sull'estate» sia iniqua e rappresenti una delle cartine di tornasole del malfunzionamento dell'istituzione scolastica.

Perché, dunque, interrompere un'attività educativa cosí importante?

Se d'estate l'attività potesse continuare con modalità e in luoghi diversi da quelli tradizionali, ciò potrebbe rappresentare un utilissimo ausilio alla crescita.

Che cosa fanno gli operatori di un campo estivo che un insegnante non sarebbe in grado di organizzare? Teoricamente nulla, anzi potrebbe essere molto utile continuare l'osservazione di un bambino o un adolescente anche in un ambiente diverso dalle quattro mura scolastiche: se Marco o Valentina sono messi nella condizione di dover tirare su una tenda in un bosco, l'insegnante con loro ha l'incomparabile possibilità di comprenderne il grado di autonomia piú facilmente (e da un'angolatura diversa) che durante l'anno scolastico (con l'unica eccezione, guarda caso, della settimana bianca o di una gita primaverile).

La differenza tra il delegare quest'opportunità a un professionista dell'animazione estiva e il farla rientrare tra i compiti di un educatore è fondamentale: si tratta di unificare un processo conoscitivo attraverso le varie possibilità espressive del bambino e dell'adolescente, invece di stratificarle, differenziandole, tra un'agenzia e un'altra.

Se la nostra Valentina va a scuola, poi a nuoto e poi ancora frequenta un corso di scultura e pittura, avrà di fronte a sé una pletora di educatori ognuno dei quali la guarderà crescere ma ciascuno per conto proprio, utilizzando personali schemi interpretativi senza mai l'opportunità di confrontarli, correlarli: ma Valentina è innanzitutto una persona, non già una sommatoria di capacità o un inventario di comportamenti. Chi può dire di conoscerla davvero? L'insegnante, il maestro di nuoto, l'artista: ognuno pensa di sapere qualcosa di lei, ma in realtà ciascuno di questa costellazione di adulti conosce solo un aspetto di Valentina.

Un ulteriore esempio tratto da una mia esperienza diretta.

Per un paio d'anni sono stato consulente di un'azienda che si occupa di turismo giovanile inteso sia come gite scolastiche, sia come vacanze estive, organizzate in proprio. Abbiamo realizzato un progetto (soggiorno di due settimane in un casolare vicino a Volterra) con l'obiettivo di stimolare i giovani partecipanti (pre-adolescenti) a sviluppare il massimo grado possibile di autonomia.

Quando l'idea fu presentata, i responsabili dell'organizzazione registrarono un grande consenso da parte delle famiglie. Nel momento in cui però i genitori si accorsero che la prima regola del protocollo d'intesa era la proibizione di portare con sé il cellulare (un telefono fisso funzionava nel casale ogni sera per un paio d'ore), sorsero dubbi pesanti e fu molto difficile riuscire a convincerli della bontà dell'idea: eppure non è difficile comprendere che un figlio che telefona poco si sta divertendo di piú di uno che telefona alla mamma sei volte al giorno.

Vengo al punto. Di fronte a questa diffusa fragilità di competenze educative familiari, chi può davvero sentirsi in grado di rassicurare padri e madri sulla capacità di autonomia dei figli: gli insegnanti di scuola o gli operatori di quel casale toscano? Questi ultimi, evidentemente. E allora, se la scuola è cosí impossibilitata a valutare un fondamentale elemento di crescita, come fanno i genitori a credere nella maturazione dei figli se non li iscrivono a quei rari luoghi dove ciò rappresenta l'obiettivo da conseguire? Di qui la necessità di pensare a un progetto educativo unitario che, oltre agli insegnanti, possa avvalersi di figure professionali con formazione diversa (ognuna valutabile nelle proprie capacità) e di tempi-spazi differenziati in cui mettere in pratica tutto questo.

Il tempo della crescita, il tempo dell'educare hanno dunque anche una dimensione spaziale, esterna ma anche interna all'agenzia educativa tradizionale. Se si chiede agli studenti come progetterebbero la propria scuola, difficilmente si ottengono risposte banali.

È esattamente ciò che mi è capitato in un liceo scientifico del Trentino.

In particolare, un ragazzo mi suggerisce una proposta straordinaria: «A me piacerebbe che la mia scuola avesse un suo proprio centro, ovvero un'idea, un luogo per tutti noi che la frequentiamo: dovrebbe essere uno spazio tipo una piazza, anzi un mercato, un *suk* arabo, per esempio...» «Un *suk* arabo in Trentino?» chiedo incuriosito. «Certo, un luogo dove ognuno di noi potrebbe portare ed esporre le proprie mercanzie, cioè le nostre fantasie, aspettative, progetti di vita, ma anche sogni, curiosità, passioni...»

Quel ragazzo di Val di Non dice a tutti una cosa fondamentale: la crescita deve possedere un centro proprio, ha bisogno di un luogo per rappresentarsi: il teatro della vita che si dispiana e s'arriccia. Il loro luogo, il loro tempo.

Una scuola centrata sui ragazzi, non sui professori, non sul preside. Una quotidianità non imperniata sui frenetici, insulsi tempi di vita dei loro genitori.

Quel ragazzo indica il senso del crescere, la via dell'educare. Un luogo dove un insegnante potrebbe umilmente osservare, da dove cominciare a sentire, prima di voler capire; un tempo in cui concedersi la necessità di ascoltare, prima dell'improbabile lusso di comprendere. E cosí potrebbe fare un genitore, cosí un sindaco, cosí un nonno. Un luogo visibile tra loro e per noi.

Un *suk* che permetta ai ragazzi di essere da qualche parte – la loro – e di appartenervi: se cosí fosse, riconoscerebbero e rispetterebbero quel centro perché lo sentirebbero finalmente e pienamente proprio, mattone fondante la propria cultura, le proprie emozioni, i propri linguaggi. La propria vita.

E se quel *suk* emergesse anche tra le nebbie di adulti

vaganti insicuri e restituisse loro la gioia di scommettere assieme, di credere che il futuro sia sfida possibile, miraggio concreto, augurio colorato, allora quel ragazzo a nome di tutti i ragazzi e le ragazze della nostra comunità avrebbe fatto il piú sorprendente regalo a chi è piú grande di loro: la possibilità per ognuno di invecchiare meno egoista, meno cieco, piú sensibile all'aria attorno a lui.